自信 舞台就是你的

一生要Win得漂亮

戴晨志

目錄

讓 **戴晨志** 老師喜怒哀樂的作品，陪伴您一起歡笑、成長。

寄回本卡,您將可獲得戴老師的最新出版訊息。

◎編號：**CL0037**　書名：**自信，舞台就是你的**

姓名：

生日：　　年　　月　　日　　性別：□男　□女

學歷：□1.小學　□2.國中　□3.高中　□4.大專　□5.研究所（含以上）

職業：□1.學生　□2.公務（含軍警）　□3.家管　□4.服務　□5.金融

□6.製造　□7.資訊　□8.大眾傳播　□9.自由業　□10.退休

□11.其他 ____________

地址：□□□ ____________________

____

E-Mail：____________________

電話：(0)__________(H)__________(手機)__________

您是在何處購得本書：

□1.書店　□2.郵購　□3.網路　□4.書展　□5.贈閱　□6.其他

您是從何處得知本書的訊息：

□1.書店　□2.報紙廣告　□3.報紙專欄　□4.網路資訊　□5.雜誌廣告

□6.電視節目　□7.資訊　□8.DM廣告傳單　□9.親友介紹

□10.書評　□11.其他

請寫下閱讀本書的心得、建議或想對戴老師說的話：

四、樂觀，是一種力量

五、急想成功，必定失敗

〈自序〉

路沒有走到盡頭　只是你必須轉彎

戴晨志

中國大陸最近進行一項全國人口調查，四川省眉山縣發現，「冷辟姓氏」共有五百九十人；有人姓「冷」、「哭」、「別」、「看」、「蹦」、「莽」……姓氏千奇百怪，真是讓人「哭笑不得」啊！

其實，咱們一生就是個「哭笑人生」啊！有時歡笑、有時流淚。

你我他，生活在不同地區，有些地區的生活方式更是奇特——在印度北部的山區，有一家銀行平時存貸款都不用鈔票盧布，只用「山羊」；因為，該地米爾札布爾山區地形複雜，居民以碎石為主，也極適合飼養山羊。這銀行為了促進山羊飼養業的發展，透過「山羊交易」——存款時，改帶山羊來；放貸款時，也帶山羊走！哈，這「存羊不存錢」的方式，真是有趣。

哭笑人生、奇特人生、美善人生，都值得我們去觀察、去體會、去度過。

平常，我的早餐都很簡單，經過麵包店，買個麵包裹腹。一天，我又戴著MP3和耳機，一邊走路一邊聽音樂；經過一家麵包店，買了麵包，付了錢，拿了發票就離開。走了一小段，有一小姐跑了過來，從後面拉住我；我嚇了一跳，回頭一看，不認識的小姐當眾拉我幹什麼？

我拿下耳機，心裡一陣狐疑，只見這小姐氣喘吁吁地對我說：「先生，你的麵包是不是忘了拿了？」

天哪，在街上我好糗，很不好意思，也連忙向那店員小姐點頭致謝！她是如此敬業，為了一個客人的麵包，還穿著工作圍裙就衝了出來，拿還麵包給客戶。

此時，我心中只證明一件事——我，是老了。記憶力，變差了。

感謝這用心的女店員，相信她是一個十分敬業、深受老闆器重的女店員。

「用力，自己知道；用心，別人知道。細節，成就完美；認真，榮耀一生。」

我們這一生，賺的錢，可能都只是大企業家老闆百億、千億的小零頭而已；可是，只要我們「用力、用心、認真」，就一定會有榮耀降臨你我身上啊！

二〇一一年元月，我應邀到馬來西亞雲頂高原演講，這家保險公司的開春激勵大會有六千多人，而我上台的中文場演講，也擠進了四千多人。

當出場音樂響起，我在夥伴歡呼聲、鼓掌聲、口哨尖響聲中緩慢走向舞台時，一小姐在眾多人群中擠了過來，遞給我一張紙條，並在吵雜聲中，特別湊近我耳朵旁，說道：「戴老師，這張紙條是給你的。」

我點點頭，沒時間看，就將紙條塞入西裝口袋；也被送上偌大的舞台上演講。那一場超high的演講後，又有逾一小時的簽書會，我真的忘了那張紙條。

直到要離開雲頂時，我才摸到我口袋裡的那張紙條，我打開一看，她用筆寫著：

「Dear戴老師：

很幸運可以見到你，真的很想對你說聲謝謝！

你的書，常在我人生最低落、想要放棄一切的時候，一次又一次的把我救了回來。

你的書，對我來說，是非常好的良藥，讓我有自信，繼續從事保險。今天，藉這個機會，對你說聲：『感恩和感激』……」

看到馬來西亞女讀者的信，我很感動。人生有許多低潮，但，必須懂得「自己救自己」，藉著閱讀，或與他人溝通，讓自己有自信，重新活出自己來！

因為，「路沒有走到盡頭，只是你必須轉彎。」

要轉彎、要轉念；只要有自信，超大的舞台就是你的啊！

用力自己知道，用心別人知道

趁著暑假一開始，我帶著內人與孩子，一起到美國西雅圖與加拿大溫哥華。我們租個車子，按照計劃，在西雅圖看了一場大聯盟的職棒，也到洛磯山脈班夫、傑士伯等國家公園旅行。

途中，我們經過了哥倫比亞冰原；因著環保緣故，旅客的車子必須停在停車場，換了兩班國家公園特大號輪胎的特製車，才能抵達冰冷、酷寒的冰河原區。

當旅客全部下了車，夏天裹著厚衣、縮著頭、在零下低溫的冰原區抓冰雪，用瓶子取清澈冰泉時，我發現國家公園的工作人員，將一名坐著輪椅、肢體障礙的女子，從高高的後車艙的升降梯，緩緩地扶送她下車……

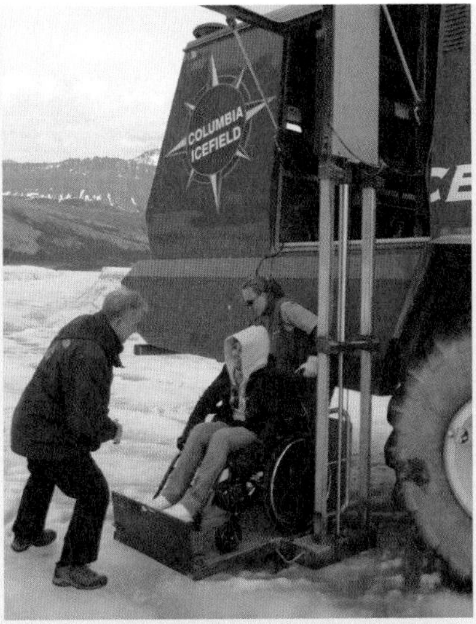

加拿大哥倫比亞冰原附肢障升降梯之專車。

加拿大冰原國家公園工作人員貼心地推送行動不便、坐輪椅的遊客。

天哪，一般肢體障礙的遊客，在遇到必須換兩次特殊車時，心裡可能就放棄「上冰原一遊」的想法；然而，哥倫比亞冰原的工作人員，竟是如此體貼、用心，連要上冰原的特大輪胎專用車，都特製「讓肢障者能坐輪椅上下車」的設備；工作人員還耐心、微笑地帶著她、推著輪椅，在崎嶇的冰原地上前進。

這一幕，真令我感動！台北市政府雖有提供免費殘障車的服務，但數量有限，殘障人士常嘆「叫不到車」；可是，加拿大洛磯山那麼高的冰原車，卻做到——用心、體貼地為殘障人士特製「可供輪椅上下車」的溫馨服務。

一個國家、一個企業或個人，想要進步，首重於態度「用心」。你我，都必須有「觀察力、學習力、執行力」，改變因循苟且的陋習，大刀闊斧地學習他人的優點，社會、企業與個人，才能不斷進步啊！

一

認真學習「贏的籌碼」

生命雖有挫折
臉上依然要掛著微笑

你我這一生，都是有使命的；
要學習創新、勇於開口，
也結交「多聞直諒的朋友」，
使自己擁有更多「軟實力」與「巧實力」。

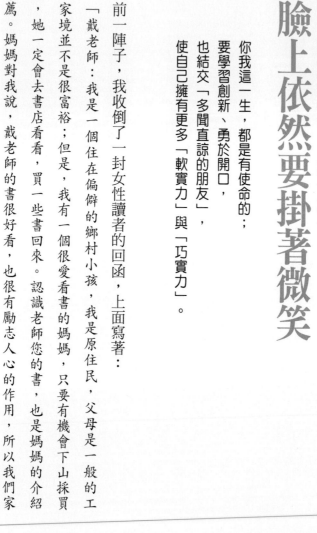

前一陣子，我收倒了一封女性讀者的回函，上面寫著：

「戴老師：我是一個住在偏僻的鄉村小孩，我是原住民，父母是一般的工人，家境並不是很富裕；但是，我有一個很愛看書的媽媽，只要有機會下山採買東西，她一定會去書店看看，買一些書回來。認識老師您的書，也是媽媽的介紹及推薦。媽媽對我說，戴老師的書很好看，也很有勵志人心的作用，所以我們家中的書櫃中，有很多老師您的書。

可是，我媽媽在前年十二月一日，因為肺癌走了！我希望老師您可以送我一張您的簽名，我想送給我媽媽；因我想拿老師您的簽名，到媽媽的墳前驕傲地說：『媽，我有您最愛的戴老師的簽名了！』」

當我看到這封讀者回函，我的手似乎顫抖著，心也怦怦地跳著；因為，我從來沒接過如此讓我震撼、感動，看起來像「全身像被電觸到」一般的信。

而在這封讀者回函上，有資料欄問道：「您是從何處得知本書的訊息？」這高姓女讀者在「親友介紹」欄上打個勾，並在旁邊，用工整、秀氣的筆跡寫著：「媽媽，張麗美。」

我打個電話給這高姓女讀者，也謝謝她和媽媽，如此支持我寫的書籍；也謝謝她，願意和我分享她和媽媽親密的感情，與思念的心情。

曾經有個朋友對我說：「晨志啊，你的這一生，是有使命的！老天讓你有那麼多的文才和口才，來幫助許多人……」

我很笨，不懂電腦、不懂科技、不懂會計、不懂股票、不懂理財、不懂物理和化學……但，我感謝上帝讓我能透過我的「筆和嘴」，來幫助更多的人——這，是上天交付給我的使命。

不過，我也要說：「**親愛的讀者們，我們每個人都是有使命的！**我們都必須在自己的工作崗位上，認真、努力地學習和付出，才能激發自己的潛力，完成老天交付給我們的使命。」

同時，在生活中，我們也都要學習——

「生命即使有挫折，臉上依然要掛著微笑。」

「改變心境、脫離困境、邁向順境。」

《激勵小筆記》

改變心境→脫離困境→邁向順境

作家張潮的大作《幽夢影》中，有一段話寫道：

有工夫讀書，謂之福；有力量濟人，謂之福；有學問著述，謂之福；無是非到耳，謂之福；有多聞直諒之友，謂之福。

的確，有時間閱讀、寫作，有力量幫助人，或沒有是非到我們耳朵，也有敢於說真話的朋友，都是你我的福氣啊！

在生活，我們並非都能事事順利，但，每天從夢中醒來時，還能看見太陽，就很令我們開心了。所以，「努力的人生」、「積極的人生」是我們能做到的。

就像廣告教父奧格威所說：**「人活著的時候，要很快樂，因為死後的時間很**

長……」

其實，在生活與職場中，我們都可以用「認真看待、輕鬆面對」（Take it seriously, take it easily）的態度來處理。

而且，你我也都要不斷認真學習自我專業，來培養自己的**「軟實力」**與**「巧實力」**（soft power & smart power）；只要我們有智慧，認真學習「贏的籌碼與實力」，我們就能輕鬆面對問題、解決問題。

學習創新、勇於開口、結交「多聞直諒的朋友」，就能使我們擁有更多「軟實力」與「巧實力」啊！

勵志小語

- **人活著的時候，要很快樂，因為死後的時間很長。**
- **做事要「認真看待、輕鬆面對」。**
- **認真學習「贏的籌碼與實力」。**
- **想贏，就要有「軟實力」與「巧實力」。**

 生命雖有挫折，臉上依然要掛著微笑

凡事主動
才不會掉入黑洞

人要「找到對的方向、做對的事」，
來成就自己的大目標；
因為，如果我們跑錯道路，
即使氣喘地奔馳，也是枉然……

以前，曾有一名女大學生希望課外時，多向我學習；於是，我請她當晚去聽一場演講，並做兩份筆記，一份是寫講師的演講重點，另一份是自己的心得報告，或是講師演講的優缺點。

這兩份筆記，要寫成正式的文章，並用電腦打好字。什麼時候交？隔天早上八點交。「啊……」這女生剛開始有些猶豫，不過，後來她點頭，接受了挑戰。

隔天早上，她真的在八點，把兩份報告交給我；她，一晚沒睡覺，眼睛紅紅的，但，她做到了。後來，她一大學畢業，就找到了很好的工作。

我在馬來西亞關丹市演講時，講了這件事，也徵求「願意挑戰自己的人」——若有人願意自我挑戰，把戴老師的演講心得，寫成兩篇報告，明晨八點前，送到我下榻的酒店，我會幫你修改文章……

這，是一個辛苦、不討好的任務——晚上不能睡覺，要熬夜寫作，又沒工讀金或獎金，幹嘛跟自己過不去？我相信，大部分人都會這麼想，先睡覺再說吧！

可是，隔天清晨七點五十分，我到旅館櫃檯準備check out時，櫃檯小姐說：

「戴先生，剛才有個小姐拿來這牛皮紙袋，說是要交給你的。」

我打開一看，是昨晚來聽演講的一名女生，用心寫的兩份報告。在牛皮紙袋上，她寫著：**「戴老師，抱歉，這是我用手寫的報告，因為我家沒有電腦；雖沒電腦，但我卻有大腦……」**

這女生珮菁聽了演講，也聽進我的話；她在簽書會後，十點離開會場；搭車回家後，一晚沒睡覺，因她寫完第一份報告時，再上面註明時間是「凌晨03:30」；而當她在寫完第二份報告時，註明時間是「05:05」。

珮菁為了挑戰自己、達成自我目標，寧可放棄一晚的睡眠；兩份報告寫完了，天也亮了，她一定很睏，但我相信，她也很開心，因她「挑戰成功了」！

在心得報告中，這女孩寫道：**「凡事主動，就不會漸漸掉入黑洞！」「一生短暫，要Win得漂亮！」**

「還沒呈交心得報告之前，我是個相信命運始終會作弄我的人，我會胡思亂想──或許會因某些原因，老天作弄我而讓我交不到心得報告。不過，也許現在，戴老師正在閱讀我這草草又花花的心得報告。請告訴我，我已逆轉了命運！」

是的，珮菁，因著妳的「認真、用心、執著與勇敢」，妳已經扭轉妳的命運！妳，一晚熬夜寫報告，沒有白費，因戴老師正把妳「鍥而不捨、使命必達」的態度，當成典範，來跟更多人分享妳的認真與榮耀。

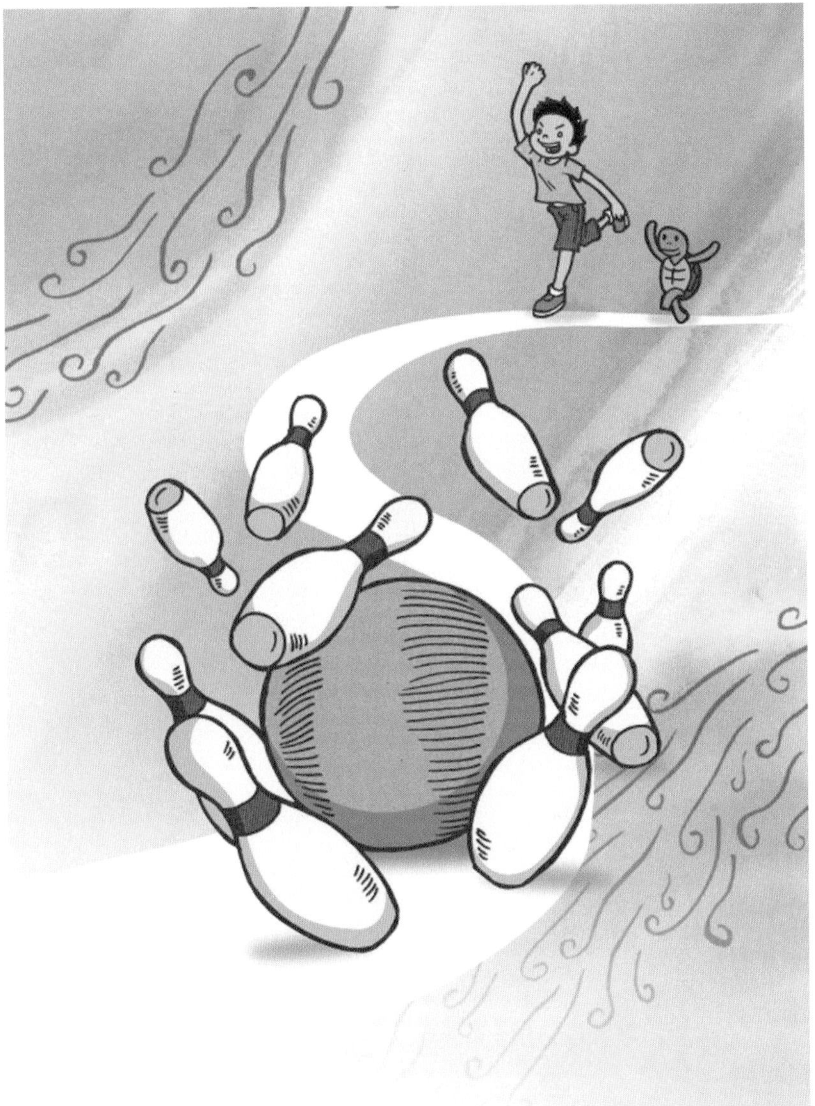

《激勵小筆記》

一生短暫，要Win得漂亮

「偉大的事，並非憑衝動做成的，而是一系列的小事所串成的。」

——梵谷（荷蘭名畫家）

「在錯誤的道路上，奔跑也沒有用。」

——華倫・巴菲特（美國投資家）

「這個世界並不在乎你的自尊，你想要對自己感到滿意，就得先成就些什麼事。」

——比爾・蓋茲（微軟創辦人）

的確，這個世界並不會在乎我們什麼，芸芸眾生，誰管我們的自尊是否受創？受傷？……如果我們不為自己先做出一些成績、成就一些果實，沒有人會看見我

們、在乎我們的，我們也不會為自己感到滿意。

事實上，每個偉大目標，都是從許多小目標累積、串連而成的；如果不踏實地完成小目標，怎會實踐大目標？

本文中的珮菁，在聽完演講後，願意熬夜、不睡覺，把自己的學習心得立即寫出來，也把握機會與老師交流；其即知即行、說做就做、絕不拖延的精神，就是一種難得的**「行動力」**與**「執行力」**。

所以，**人要找到「對的方向」，鍥而不捨地做「對的事」，來成就自己的大目標**；即使是不眠不休地去做，也是甘之如飴，畢竟，我們已距離心中的大目標，更接近一步了，不是嗎？

別忘了，要「找對路、做對事」，因當我們跑錯道路，氣喘地奔馳，也是枉然。

勵志小語

- 凡事主動，才不會掉入黑洞。
- 在錯誤的道路上，奔跑也沒有用。
- 別人，不在乎你的自尊；
  你要有成就，才會有尊嚴。
- 要「找對路，做對事」，來成就自我。

偉大的成就
開始時都是不可能的

不要小看自己，因你有無限的可能；
只要無畏，就能生慧，
要去除懼怕、積極改變，
並用知識來衝破黑暗。

曾看過一則新聞畫面——在日本的一場賽馬大會中，一開始所有馬匹都奮勇向前奔馳，有些馬跑在前，有些馬落在後……當全部馬匹都已跑到最後一個彎道時，電視導播習慣性地把鏡頭拉到居於領先的馬匹身上；可是，後來導播一看，不對，為什麼？因為落在最後一名的馬兒，竟然急起直追！

這最後一名的馬，不斷地超越其他的馬，堅定目標、一路追趕，鍥而不捨！

牠，超越了第六名、第五名，群眾瘋狂地喊叫；牠又超越了第四名、第三名……導播立刻將鏡頭轉向牠；牠又在群眾大聲喝采下，追趕過第二名，最後，竟在抵達終點前，超越過原本的第一名，而成為該賽馬比賽的「冠軍」。

這匹馬，就是一匹「黑馬」，牠永不放棄，也讓自己成為一匹化不可能為可能的「歐巴馬」。

我們每個人都可以是一匹「不要小看自己的黑馬」，因為，我們都有無限的可能，都可以讓別人刮目相看、跌破眼鏡！只是，**我們對未來的事，常會「退縮」和「畏懼」；而且，「懼怕，常會限制了我們的行動力。」**

譬如：我們怕輸，所以不願參加比賽；我們怕丟臉，所以不敢上台表演；我們怕辛苦，就不願再進一步參加考試；我們怕被嘲笑，就停住腳步，止於腳前。

西洋有句諺語：「**Every great achievement started as an impossibility.**」**（每一項偉大的成就，開始時都是不可能的。）**

的確，剛開始時，一切都是不可能的；誰在一開始，就被看好？孫中山先生想推翻滿清，一開始，就被看好嗎？不，不可能！美國林肯總統想解放黑奴，一開始，就很順利嗎？不，他曾遭遇無數政敵與既得利益者的強力反對，最後在「南北戰爭」後，打勝仗，才做出解放黑奴的偉大事蹟。

◎

一天，我唸小六的兒子問她妹妹：「柔柔，妳知道美國有南北戰爭嗎？」

女兒說：「我知道南北戰爭啊！可是，我不知道是誰跟誰在打仗？」

兒子說：「北方就是林肯，南方就是李將軍，他們在打仗啊！」

「他們不都是美國人嗎？怎麼是『姓林』跟『姓李』的在打仗？」女兒不解的問。

哈，童言，真是可愛。

不過，話說回來，「懼怕」，的確囿限了我們的思維與行動力。人，就是要用氣魄與行動力，來消除懼怕，也打造自己愈來愈強的競爭力。

（註：南北戰爭中的李將軍是——General Robert E. Lee）

《激勵小筆記》

懼怕，常限制了我們的行動力

美國紐約有個女子莉茲（Liz Murray），從她懂事開始，就看著爸媽吸毒，也把教會送的火雞變賣、或花掉政府發放的福利金，來買毒品吸食。

莉茲說，小時候她全身長蝨子，同學受不了她的臭味，排擠、欺負她，她只好休學。她和姊姊從小捱餓受凍，也常餓得只吃冰塊。

後來，在莉茲十五歲時，母親因愛滋病過世，父親住進毒品勒戒所，姊姊也與別人住，所以，她成為一名四處流浪的遊民，晚上睡在火車站或公園裡，偷人家的食物裹腹，也被其他遊民欺負。

然而，莉茲不願步上父母吸毒的後塵，**她決心「用知識改變命運」——她，不想再流落街頭，她要在絕望中力爭上游、衝破黑夜、創造希望。**

莉茲在十七歲時，進夜校念了兩年，完成高中學業；後來拿到紐約時報的全額獎學金，進入哈佛大學就讀。如今，她父親亦已過世，她則繼續在哈佛大學攻讀研究所碩士學位。

莉茲把自己的故事寫成自傳《*Breaking Nights*》（衝破黑夜），分享她從無家可歸、被人用鄙視眼光嫌棄的遊民，到哈佛大學畢業的過程；她在書中不是談如何進入名校念書，而是如何「改寫生命」的故事……

偉大的成就，一開始，別人都會認為是不可能的；但，人就是要去除懼怕、積極改變，「用知識衝破黑夜」，來創造新的命運。

佛家說：**「只要無畏，就能生慧。」**

面對困頓、逆境時，只要面對它、接受它，就能用智慧解決它。

所以，人不能放棄自己，要找到自己人生的方向——**「對的事，做就對了！」**

「上帝不會將所有門窗都關閉，可是，我們都要勇敢、努力去找尋，才知道哪

裡有出口？」

「當老天關上一扇門，自己要奮力去找到一扇窗啊！」

勵志小語

- 只要無畏，就能生慧。
- 要用氣魄與行動力，
  打造自己愈來愈強的競爭力。
- 要用知識「衝破黑暗，創造命運」。
- 面對困頓與逆境時，
  要面對它，用智慧解決它。
- 當上帝關上一扇門，
  自己要奮力去找到一扇窗。

別讓沒有夢想的人摧毀你的夢想

要勇敢堅持下去，
要圓你自己的夢想；
千萬別讓那些沒有夢想的人，
摧毀你的夢想。

天氣轉涼了，經常四處奔波、與聽眾分享的我，也感冒了。前幾天流鼻水、咳嗽，但還是撐著身體上台。

去年，有一次我重感冒，喉嚨痛得很厲害，講不出話，也看了三名耳鼻喉醫生，都未見好轉；最後，竟有三次半夜到大醫院掛急診、打點滴的記錄，也因此，臨時推掉了幾場演講邀約，因喉嚨真的無法說話呀！

最近，有一名女講師朋友打電話給我，說：「戴老師啊，聽說你喉嚨開刀，病得很嚴重呀？」

天哪，我只是去掛急診、打點滴，需要靜養、休息而已，怎麼朋友之間互相傳話，成謠言，變成「我喉嚨去開刀」，這太嚴重了吧！而且，那已是一年前的往事了。

有時我靜心想——我的確是有上天給我的「使命」，也要盡力發揮老天給我的小才華；可是，人萬一病了、倒了，如何完成老天交代的使命？

人，要有「使命感」，但不能「死命趕」呀？

每天醒來，要閱報、要搜集資料、要寫作、要聯絡、要回讀者信與網站留言、要趕下一場演講、要開車、要趕搭高鐵或飛機、要給讀者簽名、要陪讀者拍照、又要開車回家……我的眼睛有時充滿血絲，甚至血塊。此刻即使是早上八點，我的眼皮竟也一陣一陣地跳動。

此時，這句話又提醒我——要有「使命感」，但也不能「死命趕」！

昨夜，我終於有空，放鬆地與一些朋友聚餐、聊天；我說：「我覺得自己很幸福，每天都很忙碌，回家累了，倒在床上，就睡著了；我沒有欠人債，沒有與人有仇、或衝突；看到孩子可愛、聰明，跟我很親密；我沒有不安、沒有失眠、沒有睡不著……好是幸福，感謝上天。」

現在，我的右眼皮仍在跳著。應是休息不夠吧。

昨天下午，在演講中，我引用台灣前衛服裝設計師古又文的話，來與聽眾分享——**「要勇敢堅持下去、要圓你自己的夢想；千萬別讓那些沒有夢想的人，摧毀你的夢想。」**

的確，人要有目標、有夢想，也要多結交有夢想、有行動、肯積極前進的朋友；千萬不要讓沒有夢想的人把你帶壞了，也把你的夢想摧毀掉了！

一哩哩的人生，都是老天賜給的磨難；

一吋吋的人生，也都是自己用心經營的成果。

你我，都要有「使命感」，千萬不能虛度此生；你我，也都不能「死命趕」，要健康、快樂地活出漂亮今生！

《激勵小筆記》

別一直殺豬公，要努力上太空

有個讀者寫信告訴我說：「戴老師，我是一個從國一就讀你書的人，非常喜歡你的書；國二時，也曾偷偷從學校圖書館，偷一套你的書回家。現在，我已經高中畢業、退伍，到社會上工作，您幽默高手與溝通系列的書，對我幫助很大……」

看到這封信，我不知是開心，還是難過。

這年輕人，曾在學校偷一套我的書回家看；他愛看書，卻用不正確的方法來取得，還誠實地寫信告訴我……唉！我告訴他，應主動地將書歸還給學校圖書館才對。

以前，我的老師曾問我們兩個命題——

「你正在做什麼？」

「你知道你要做什麼嗎？」

我們都要知道——「我正在做什麼？」若做不對，趕快修正。同時，也要知道——「我要做什麼？」假如，我們到了二十歲，還不知道自己的方向，也不知道自己的專長，那，真的很可惜啊！

在學理上，有一名詞**「習得的無助」**（Learned helplessness），也就是「學習後有無助感」。事實上，我們都要漸漸清楚自己的方向、前進的目標，知道自己要什麼，讓自我人生有「使命感」。

有了「使命感」，你我才能向使命感的方向衝刺、前進。

中華棒球隊最近在國際賽事中，成績都不盡理想，實力與日、韓球隊相差太多。一九九二年拿下奧運棒球銀牌的中華隊總教練李來發曾感慨地說：「別人都上

外太空了，我們還在殺豬公。」真的，前一陣子，台灣的職棒還在簽賭、打假球……

別再一直「殺豬公」，趕快讓自己努力「上太空」呀！

我們都要用信念與行動，讓自己蛻變、高飛。

也要善用時間與生命，演出自己最精采的故事。

勵志小語

- 想想——「你正在做什麼？」
  「你知道你要做什麼嗎？」
- 要用信念與行動，讓自己蛻變、高飛。
- 別讓沒夢想的人，摧毀你的夢想。
- 別讓「使命感」，變成「死命感」。

自卑是毒藥
自信是解藥

要讓對方閉嘴的最好辦法，
不是還擊、不是吵架，
而是用心、認真地做給對方看，也要超越他……
我要「壯大自己，讓人看得起」！

最近，接到從日本寄來的一封信，內容是用毛筆寫的。

這女讀者，原本是臺灣高速公路收費站的收費員，每天工作時，必須忍受吸著許多汽車通過時的廢氣。然而，她想：「我每天要過這樣的生活嗎？我必須改變……我要努力改變自己……」

於是，她每天苦讀日文，希望有朝一日，能通過日文檢定考試。

這女讀者喜歡看我的書，也把書中的好話記寫在筆記上。

她在給我的信上寫著：「以前在收費站時，我連三十分鐘休息時間，都要背日文，結果，我被一名男收費員嘲笑！他對我說：『我哥哥念日文系，考二級都考不過；妳才唸日文沒多久，怎麼可能考上？我看，妳是在假讀書吧！』……」

這女讀者接著說——我不太會生氣，也不想生氣，因老師您書中的話已浮現在我腦海：「不生氣，要爭氣！」當時，我的反應是：「這男生是怎麼了？怎麼這樣嘲笑人呢？我當然知道日文檢定很難，才要這麼努力K書呀！我，我一定會考上，因為，『只要我說能，我就一定能啊！』」

在那當下，這女讀者並沒有向那男生反嗆，只是笑笑地對他說：「謝謝您的激勵，我會更加努力！」

這女讀者在短短一年半之內，從三級、二級到最難的一級日文檢定，全都通過了；當時，女主管破例地在佈告欄上幫她貼出了紅榜，慶賀她；而那曾經嘲笑他的男同事，後來對她豎起大拇指說：「沒想到妳還真的考上了，我佩服妳！」

這女讀者不久後又考上了導遊執照，也在補習班教日文；她交了日本的男朋友，結果，為了男友，選擇遠嫁到日本去了！哈，有志者，事竟成！

這女讀者的信上說：「戴老師，我請妹妹買了您的書《壯大自己，讓人看得起》《把嘲笑當激勵》，寄來日本；我把您的話寫下來、背起來，並且加以實踐……我認為，要讓對方閉嘴的最好辦法，不是還擊，不是吵架，而是用心、認真做給對方看，也要超越他……」

看到這女讀者的信，我好開心；她，是一名「勇於改變、勇於創造自我命運的人。」她在信中又附上她用毛筆所寫、我書中摘錄的一些名言佳句：

「自卑，是人生毒藥；自信，才是唯一解藥。」

「尊榮，是屬於自律與堅持的人。」

「最後笑的人，笑得最美。」

「忘記背後，努力向前；走過今生，千萬認真。」

「眼界決定境界，思路決定出路。」

《激勵小筆記》

走過今生，千萬認真

在中興大學的一場演講會中，我用投影機打出一張圖表，那是我年輕時，每天都要自我檢視的「每日須做事項表」——每天要寫日記、練播音、剪報、運動、聽空中英語教室、背單字……等等。假如，每天都該做的事，通通打勾，表示自己很「自律」，該做的都做到了，心情就會很高興。（該圖表請見拙作《力量來自渴望》，第三十九頁）

演講過後，出席該演講的一名台中教育大學研究生小璇來信，謝謝我告訴大家要做一份「每天該做之清單」，她已經開始身體力行了，每天檢視哪些該做的事，做了沒？所以，日子過得很充實。

小璇又說，前不久，她也聽到Google總經理游文人先生的演講；游先生說，

他準備了一小本子，把每天「最有成就的事」寫下來，至少一件；如此一來，一年就有三百六十五件有成就感的事。每當自己傷心、沮喪時，就把小本子拿出來，一個字一個字地念……這樣，就可以把自己脆弱的心，強壯起來，也證明「自己是有用、有成就的人」。

的確，人生總會有低潮，傷心難過的事也總是難免；但我們不能被低潮打敗，我們必須隨時為自己加油，讓自己充滿信心與勇氣，並不斷地跳躍與奮鬥。

羅馬詩人荷瑞斯（Horace）曾說：

「能掌握今天的人，將獨飲快樂之泉，也會常懷平安之心，大聲高呼——不管明天多麼惡劣，我已真正活過今天。」

或許，我們可以試試看——做一張「每天必做事項表」，每天檢視自己、鍛鍊自己、充實自己，也寫下「每天最有成就感的一件事」，我們就能以從容的步伐，全心全意、快樂認真地活過每一天。

勵志小語

- 尊容，是屬於自律與堅持的人。
- 最後笑的人，笑得最美。
- 忘記背後，努力向前；
  走過今生，千萬認真。
- 每天寫一則「最有成就感的一件事」。

讓心動到行動零距離

有些事，現在不趕快做，
將來就不能做了；
我們不能「知道」，卻「做不到」，
也不能只有「心動」，卻不「行動」。

清晨，到台北大安森林公園散步，空氣清新，心曠神怡。走著、走著，忽然聞到一抹淡淡的桂花香……這淡淡的桂花清香，讓人好想多吸幾口。

此時，我想起前不久過世的知名廣告人孫大偉先生。孫大偉小時候很調皮、愛玩，不愛唸書，老師還在期末的成績手冊上寫著「該生素質太差」的評語。不過，後來的孫大偉卻也因頑皮、貪玩，而玩出了自己的專業名堂；他的創意廣告，無限寬廣，令人印象深刻，也贏得「台灣廣告教父」的美名。

孫大偉先生曾與朋友合資，在宜蘭礁溪買了一塊地，合建一棟房子；而當房子蓋好後，孫大偉在院子裡種了一大棵桂花樹，讓桂花香氣四溢。這一大棵桂花樹是從其他地方購買、移植過來的，聽說總費用花了五、六十萬元台幣。

有朋友看了孫大偉竟為了一大棵桂花樹，花掉五、六十萬，不禁對他說：「你何必花一大筆錢去買一棵桂花樹呢？你如果喜歡桂花，就去買一小株桂花樹，慢慢栽種、看它長大就好了！」

此時，孫大偉說：**「你知道桂花樹要長到這麼大，需要多少年嗎？……大約二十年。我已經沒有機會再等二十年了。我現在花這筆錢，就可以常常聞到桂花香，不是很值得嗎？」**

的確，人生有多少個二十年？現在不去做、不去享受，要等二十年後再來享受，不一定等得到啊！

也因此，孫大偉是個行動派的人，他騎單車環台灣全島，也一邊感受所接觸到的人事物；他也到中國，從北京騎單車到上海，來個「京騎滬動」；甚至到單車天堂的荷蘭去騎單車，享受美麗的花海風光。孫大偉說：「現在不趕快『騎單車遊台灣』，難道是要以後『坐輪椅遊台灣』？」

的確，

「有些事，現在不趕快做，將來就不能做了！」

「有些事，現在不趕快動，將來也就動不了了。」

英國《Saga個人理財》雜誌曾訪問過一萬三千名年逾五十歲的人士，結果發現——「人生的夢想排序是：一、財務自足（五三％）；二、大方給予子孫財務協助（四七％）；三、無債一身輕（二四％）；四、一生一次豪華度假（二二％）；五、理想的豪宅（十九％）。」

不過，在年逾半百的人士中，近一半人都說，到目前為止，他們的人生夢想都只是紙上談兵，並未實現；只有十四％的人說，他們都已美夢成真。

有人說：「上半輩子不猶豫，下半輩子才能不後悔。」

我們都要不猶豫地，趁早去累積實力，開創自己更美好的明天啊！

人，常常知道，卻做不到。

人，常常只有心動，卻沒有行動。

我們都要——**「讓心動到行動，零距離。」**

《激勵小筆記》

千招要會，一招要好

台灣旅美小提琴家胡乃元先生，從小就是以「音樂天才」、「提琴小神童」的名義送出國深造；如今，他已近五十歲，也每年回台灣，擔任Taiwan Connection音樂

節的總監。

胡乃元先生說，這幾年，他發現台灣的學生普遍「很被動」，老師說什麼就拉什麼，很少會去問「為什麼」？對自己的音樂詮釋也常說不出所以然來，真是令他憂心。

最近，胡乃元放棄一把史特拉底瓦里名琴不要，換上別人眼中等級較低的小提琴來演奏，很多人都覺得莫名奇妙；可是，胡乃元說：「沒錯，史特拉底瓦里是把名琴，適合我過去的需要；但，它像個會耍脾氣的公主，現在，我比較需要一位農村婦女，需要比較樸實、沉著的聲音。」

吳乃元又說：**「我現在心裡很著急，因為肌肉和機能隨著年齡走下坡，演奏家必須面對時間壓力……」**

一名偉大的小提琴家有體能上的限制，或許，拉琴的肌肉力道不如前了，心中有急迫的壓力；你我，何嘗不一樣，人生有高峰，但腦力、眼力、體力……也都有走下坡的時候，你我都必須盡早發揮自我的天才啊！

有句俗話說：**「千招要會，一招要好。」**

的確，**「招式，可以很多；絕招，不能沒有。」**

我們一生時間有限，都要盡快讓自己成為有用的人才——**「一個有許多招式，也有致勝絕招的人才。」**

勵志小語

- 招式，可以很多；致勝絕招，不能沒有。
- 有些事，現在不趕快動，將來就動不了了。
- 上半輩子「不猶豫」，
下半輩子才能「不後悔」。
- 有「心動」，更要有「行動」。

二

堅定信念 無懼向前

盯望生命中的北極星

過去無數的猶太人，有些是他的親戚、同儕、好友……
被集體送往毒氣室、處死；
或被矇住眼睛、手綁背後，
一個個被槍決、倒下，橫屍荒野……

一學弟告訴我，在唸高中時，曾經在《遠東英文讀本》中，讀到一篇名為「Eyes up!」的文章；文中敘述一位美國猶太裔小提琴家，回憶在四歲學小提琴時，老師提醒他——「To play good violin, you must set your eyes on the distant star.」（要學會拉好小提琴，你必須專注盯看著遠方的星星）。當時，年幼的他不懂這話的意思。

學弟說，這句話每個英文字他都懂，但句子的涵義是啥，當時他也不懂。我呢？——啊？以前高中英文有這篇文章嗎？我一點印象都沒有！

不過，為什麼要「Eyes up」呢？「學拉小提琴」與「眼睛盯看遠方星星」有什麼關係呢？我這學弟英文超好，曾以應屆第一志願考上台大外文系，現在交通大學當教授。經他解釋後，現在我懂了——

在浩瀚星球中，因地球自轉又公轉的關係，只有「北極星」是不動的；所以，即使北極星並不是特別亮，但古代的航海人都會把它當成「定方位」、「找北方」的一顆星。也因此，北極星是在海上「導引方向」不可或缺的星星。當然，若人在南半球，就必須找到南十字星，來定方位……

在拉小提琴時，「眼睛要盯看著遠方星星」的意思是——除了自己的琴藝要很好之外，你的眼睛要眺望遠方星星，要有「堅定的信念與心志」，也要有「正確的價值觀與人生目標」……

那名猶太小提琴家長大、成名之後，曾有德國團體邀請他去演奏，他猶豫之後，答應了。然而，許多猶太人排山倒海地反對他去為德國人演奏，因為二次大戰中，納粹德國曾慘無人寰地殺害無數的猶太人，他怎能屈辱地為殺人兇手與後代來演奏？……

然而，這猶太小提琴家力排眾議，堅持赴德國演奏。當他站在全場聽眾的舞台上，拉出巴哈、貝多芬、舒伯特等美妙曲子時，台下的德國聽眾都感動地掉下眼淚——沒想到，被納粹德國殘忍殺害的猶太人後裔，竟然可以把德國音樂家的曲子，詮釋得如此完美、動聽；而過去，多少有才華的猶太人，卻慘死在德國軍隊的槍彈、毒氣之中……

在那場小提琴音樂會中，台上淒美的旋律迴盪著，台下懺悔的眼淚汩流著；小提琴家的眼睛，全神貫注地「盯著遠方的星星」，他知道，這是他的使命——

過去無數的猶太人，有些甚至是他的親戚、同儕、好友……被集體送往毒氣室、處死；或被矇住眼睛、手綁背後，一個個被槍決、倒下，橫屍荒野……一幕幕殘暴行

61　盯望生命中的北極星

徑與心中悲慟湧上心頭……但，他身為一名小提琴家，願透過音樂的旋律，遠眺黑暗中的北極星，做一名上帝派來的「和平使者」，來化解猶太人與德國人累積數十年的血海深仇！

此時，我試圖感受這句話——「To play good violin, you must to set your eyes on the distant star.」

在你我的生命中，我們是否也都必須「eyes up」，去找尋生命中的北極星？在我們的生命中，「最重要的遠方星星」是什麼？我們心中，都必須有一顆「不動的北極星」，來導引我們努力向前、航向那生命的目標。

當我們「eyes up」，盯看著那顆遠方的北極星時，那就是追尋我們堅定不移的目標與信念；即使在過程中是累、是苦、是嘲笑、是譏諷、是反對、是打擊……我們都要勇敢與無懼地向前行！

人可以偷懶、懈怠，也可以積極、上進。

或許有人會說：「太積極會很倒楣，會被老師抓公差」；可是每次的付出，都是學習的機會，也是一個「被看見」的契機。

您知道嗎？我們每個人，每天都在「被打分數」啊！主管、老闆每天看著我們的表現和態度，都在暗中給我們評價與評分啊！

想被看見，就要勇於表現。

想被看見，就要提早出現。

假若，每天住在舒適圈裡，最好不要有麻煩事，不必太認真，也不必突破，舒服過日子就好，那麼，人生會有什麼大成就呢？

最近，我在馬來西亞學到一句話：「If you have no intention to do the impossible, you are sure to do the possible.（**如果你沒有企圖心去做『不可能』的事，那你就只能做些『可能』的平凡事。**）」

這句話，文字很簡單，但意義很發人深省啊！

《激勵小筆記》

有傑出表現，就能被看見

贏得世界麵包大賽冠軍的吳寶春師傅，在獲得榮耀、凱旋歸來後，曾舉辦「感恩之旅」的講習會，向麵包同業公開他製作得獎麵包的秘訣，也將所得，捐助屏東家鄉的八八水災戶。

吳寶春特別感謝日本師傅菊谷先生送給他的**「一百五十分的準備哲學」**，也就是——**「想要在比賽中達到一百分的表現，事前一定要做到一百五十分的準備」**；而他自己的訓練目標，是要做到「兩百分」的準備。

的確，**「有人把比賽當練習，有人則是把練習當比賽。」**想要在重大比賽中出人頭地，就必須付出一百五十分、兩百分的努力，戰戰兢兢地奮力練習，否則，如何在眾多參賽人中脫穎而出？

HERE

以前，吳寶春是個只求溫飽的小學徒，但，他為了做出更好的麵包，不斷地閱讀、求知，並時常向各方前輩請益、學習；他甚至自修外文，研究艱深的微生物學，來探知不同酵種在麵粉糰中的作用和生存條件。

吳寶春最令人讚嘆的，不是他的手藝，而是他心中的追求——細膩、執著、追求卓越；並不斷突破、再創新的精神。

人，只要有傑出表現，就能夠被看見。

然而，「通往精彩表現的道路上，並非都是平坦之途。」

吳寶春從窮困的小學徒，用心、勤快、努力地學習；如今，他成為通曉麵包所有細節與知識的「金牌麵包師傅」。他在講習會中，也謙虛地說：「得冠軍只是當下，學習才是永遠。」

人，就是要有強烈的企圖心，去完成不可能的事；

人，只要用心付出、追求卓越，就能創造不可能的大成就。

勵志小語

- If you have no intention to do the Impossible, you are sure to do the Possible.
- 要在比賽拿到100分，就要有150分的準備。
- 通往精彩表現之路，並非總是坦途。
- 沒有企圖心，就只能平凡度日。

人要有衝動
去做讓自己進步的事

衝動，並不是去做壞事，
而是訂下目標、積極行動，
說做就做，劍及履及，
絕不拖延、敷衍……

對一般台灣人來說，「馬來西亞」的城市，叫得出名字的，大概就是吉隆坡、檳城、怡保、新山等幾個較大的城市；但，最近我有幸受邀到西馬東岸的城市「關丹」，去做了一場演講。

在演講後的簽書會時，一女孩遞了一封信給我，裡頭有一張她用心寫的卡片：

「……感謝老師的書和名言，給了我無限的力量！

之前，我是個沒有自信的女孩，時時膽怯，不敢改變；但因老師一句『改變，就是要敢變！』我終於踏出了第一步——參加了小說獎比賽。雖然敗北了，但至少我參加了，也知道自己準備的功夫還不夠……

第一次的失敗，帶給我的不是氣餒，而是更要再接再勵！因為，我知道，『美夢成真的地方，就是天堂。』不管到最後是不是天堂，但，過程最重要！

我現在把自己當成毛毛蟲，努力啃食葉子，渴望有一天，自己能披上自己喜歡的蝶衣，破蛹而出……」

看到這張用心手寫的卡片，我好開心，因為這名女讀者，並不是只有看書，而是在看完書之後，還能「努力實踐」——勇敢、主動去參加小說獎比賽；即使沒得名，但她去做了，也得到了寶貴經驗。

「夢想」，如果沒去實踐，那就會被拆成兩字——「夢」，白日夢；「想」，空想。

其實，**人生要有「衝動」，去做讓自己進步的事。**「衝動」，並不是去做壞事，而是訂下目標，積極行動，說做就做，劍及履及，也絕不拖延、敷衍。

人若只有一直住在「舒適圈」，每天只空有「夢」和「想」，哪能達到成功的彼岸？

所以，**「路，只有一條，叫勇敢跑下去！」**

趕快「找個目標」、「立刻行動」吧！就像這女孩，參加小說獎比賽，你也可以參加「歌唱、繪畫、作文、演講、朗讀……」等比賽；有些人甚至也參加「調酒、烹飪、網站設計、烘培麵包……」等比賽啊！

人，不一定要會唸書、會考試，而是要有能力、有才藝，讓自己活得更漂亮；就像毛毛蟲一樣——

「要破蛹而出，才能成為飛舞的彩蝶！」

《激勵小筆記》

要有傻勁，做自己喜歡的事

二〇一〇年獲頒台大傑出校友的楊世彭先生，堅持戲劇研究四十多年，成為「莎士比亞戲劇專家」。他曾在海外負責製作四十多齣大型莎劇，十五齣由他自導，是第一位在西方世界長期主掌職業莎翁劇團的亞裔人士。

楊教授在獲獎時，勉勵後進在選擇人生道路時，不要受到世俗的影響；他說：

「我並不是了不起的人才，但我堅持走下去。」

「我想我是有些天份，但更多的是一股傻勁。」

一般人對未知的事，常有恐懼的心，以致於限制自己的腳步、裹足不前；可是，在一個禁錮的圈子裡，沒有傻勁「衝動」跨出去，自己怎能進步、突破呢？

人，就是要做自己超喜歡的事，並保持那股「傻勁與衝勁」！

沒有「傻勁」與「衝勁」，人就會變得很平凡、很普通、沒有鬥志。

所以，當別人笑我們「傻」，沒關係；只要抱持一份熱情與傻勁，並用十足的「專注力」，放在自己喜歡的專業上，就可以贏得精采的一生。

因為，「要覺得自己做對了，就要勇敢堅持下去。」

勵志小語

- **夢想若沒有實踐，**
  就只有「白日夢」與「空想」。
- **路，只有一條，叫勇敢跑下去。**
- **要做自己超喜歡的事，**
  並一直保持「傻勁」與「衝勁」。
- **只要覺得自己做對了，就要勇敢堅持下去。**

讓自己每天進步5%

為了讓自己有更好的成就，
我們都要勇敢去「做對的選擇」——
做一些「讓自己更進步的事」，
而不是「你能做的普通事」。

有一名在台大醫院擔任「看護」的女性，在網路上寫來一封信：

「戴老師：目前我沒能力買書，但我很幸運的可以拜讀到你的幾本作品，因有位善心人士在台大醫院捐了好幾本你的書，我剛好有榮幸看到。我覺得書中內容對我很有幫助，也決定照你書中的方法去設定目標，並改變自己！

我不想和其他的看護一樣，做到六十歲還在做看護……最近，我在照顧病人時遇到一個機會，就是做直銷；我覺得這是一個很好改變我目前處境的機會，也試著讓自己有勇氣開口、與人溝通……我會照你書中的方法去做，也讓自己每天能進步5%……」

看到這位醫院女看護的信，心中有些感動。看護，是花時間、體力的工作，但她依然願意看書、進修，甚至主動上網與作者聯絡，並訂下自己生命的新方向，試圖改變自己的命運，而不是一直當看護工，直到六十歲。

改變，就是要敢變！

人，不能花太多時間來傷心、怨嘆。

想要擁有更好的生活，就是要改變，不能原地踏步。

你我，該擔心的是——「沒有目標，只求溫飽就好」的心態。只要有目標，不斷學習成長，每天進步5%，我們就能日日新、日日興，天天開心啊！

後來，這女看護在網路上看到我的回應後，又來信：「戴老師：上個星期，我曾照顧的一老伯伯，清晨去大安森林公園運動，不小心跌倒、暈倒，急救無效就過世了。他很積極想活下去、想做很多事，卻這麼就走了。目前，我正照顧一名口腔腫瘤末期的病人，他已昏迷兩個星期了。在他還能講話時，他說，他很痛苦，可不可以請醫生開藥，讓他吃了可以早點走……我聽了，真的很心酸。**其實，他並不是真的不想活，只是他戰敗、投降了……想活的人，死了；不想活的人，卻死不了……**戴老師，你要多注意自己的健康！」

看到這女看護的工作心情與溫馨叮嚀，真是令人感慨萬千。

人生就是無常。認真、努力、積極的人，不一定就會健康、長壽；可是，**人生就是要演一齣精彩的舞台劇；要告別失敗與低潮，要每天努力進步5%；因為「只要跨越挫折，成功就在那頭等我們啊！」**

有一個成功的企業家說：成功的心法就是——「Do what you should do not what you can do.」（做你應該做的事，而不是你能做的事。）

為了讓自己有更好的成就，我們都要勇敢去「做對的選擇」——做一些「讓自己更進步的事」，而不是「你能做的普通事」啊！

1.05×1.05×1.05×1.05×1.05×1.05×1.05×1.05
×1.05×1.05×1.05×1.05×1.05×1.05×1.05×1.05
×1.05×1.05×1.05×1.05×1.05×1.05×1.05×1.05
×1.05×1.05×1.05×1.05×1.05×1.05×1.05×1.05
×1.05×1.05×1.05×1.05×1.05×1.05×1.05×1.05
×1.05×1.05×1.05×1.05×1.05×1.05

《激勵小筆記》

成功要有「渴望」與「欲望」

美國奧蘭多中央佛羅里達大學（UCF）商學院教授昆恩（Richard Quinn），在大四講授「策略管理」，但他的課，竟然有高達三分之一，也就是約兩百人，涉嫌在期中考集體作弊，都拿到「A」的分數。

昆恩在接受ABC電視新聞「早安美國」訪問時說：「我這二十年的教學理想徹底幻滅了……假如學生什麼都不學，至少要學習尊嚴與榮譽……我好像被人在心臟捅了一刀，失望透頂，厭惡至極，我氣到生病……」

學生對集體作弊的反應不一，有學生說：「太可怕了，我國商界不需要沒有道德的人！」但，也有學生說：「大學就是這個樣子，人人都在作弊；在人生中，大家也都在欺騙……」

學生時代的作弊，有人大聲撻伐，有人則認為稀鬆平常。不過，我們生命中的目標與信念，是導引我們前進的動力，要以「實力與毅力」來達成，而不是以作弊來達成。讓自己「每天進步5％」，就是一個目標、信念與行動，也是成就自己的最好方法。

人，口渴了，就想喝水，會主動找水喝；這是本能，也是「渴望」。

成功，也是一樣，要有「渴望」與「欲望」；因為，「力量來自渴望，成功來自堅持。」

如果沒有渴望、沒有創新，停止行動，人，就會走向死亡，也不能躋身「贏者圈」。

所以，「轉個念頭，改變心境、付諸行動」，幸福就在自己手上。

勵志小語

- 人，不能花太多時間來傷心、怨嘆。
- 要做你應該做的事，而不是你能做的事。
- 跨過挫折，成功就在那頭等你。
- 沒有渴望、停止行動，人，就會走向死亡。

寧可「做到死」也不要「死不做」

人若有獨特的「專業能力」，
加上吸引人的「個人魅力」，
做事又有不拖泥帶水的「決斷力」，
那，豈不是就能無往不利？

這幾天，收到一讀者寄來的信，及一本書，信上寫道：

「戴老師：

……曾收過您演講訊息的簡訊，但當時的心情還是無法見人，所以失約了。十月二十日是先生過世五週年，想寫點東西來紀念他，可是想想，他只是一個疼愛我、寵愛我的平凡人罷了，所以就算了。

失偶，真不是用理智就可恢復信心的，我跟常人一樣，花了近五年才走出來。您的書，我家到處都有，幾乎每一本都買……我還買了五本《讓你成功的100個信念》送給朋友，卻把您送我、題字簽名那本弄丟了。我想再買一本，請您再簽名，好嗎？

最近，我又開始唸中醫了，準備明年最後一次的特考；明年，我要到大陸唸中醫碩士，然後還要考大陸中醫師執照！此生不成為中醫師，不甘心，更要達成我先生在世時，對我最後的期許。謝謝您，用書不斷的鼓勵我。

蘇××　敬上」

五年前，蘇女士寫信給我，當時她五十八歲，老伴重病在床，多次被發出病危通知；她除了細心照顧老伴之外，又努力準備中醫師考試。什麼內科學、診斷學、方劑學、生理學，她都考過了，只剩下「藥物學」沒通過。

後來，老伴撒手人寰，她難掩悲慟；五年過去，她六十三歲了，也走過心中的至慟，勇敢再出發，報考二〇一一年的中醫特考。

我曾在拙作《讓你成功的100個信念》中提及她的故事，所以她又買了一本新書，請我為她簽名。

看了蘇女士的信，心中無限感動；六十三歲了，還為自己的「信念」在努力、打拚。我打個電話給她，她說：「先生走了，世界突然變了，生活變成『沒得問、沒得靠，一切都要自己走』……雖然我已是超過六十的老婦了，但我一定要考上中醫師，成為送給自己生命的大禮……」

結束與蘇女士的對話，我想起了一句話——**「寧可『做到死』，也不要『死不做』！」**有些人年紀輕輕，五十出頭就辦理退休，每天沒有目標，無所事事，反正有退休金可領；可是，有些人即使上了年紀，心中仍充滿信念與目標，相信自己，甚至把「嘲笑當激勵」，朝著自我夢想前進。

「相信的力量，是具有魔力的！」因為只要相信自己、腳踏實地、付諸行動，白日夢也會有美夢成真的時候。

《激勵小筆記》

相信的力量，是具有魔力的

紅遍台灣、大陸、東南亞的知名藝人白冰冰小姐，是基隆市月眉國小的畢業校友；個子矮小的她應邀回到母校做專題演講時，告訴學弟妹們：**「個子小沒關係，要有志氣；圍牆裡跑不出千里馬，溫室裡種不出萬年松。」**

白冰冰表示，她從小就喜歡唱歌；當國小畢業時，跟別人說她想當歌星，很多人都笑她不自量力。不過，她靠著兩力——「**努力**」與「**毅力**」——參加過三十八次歌唱比賽，脫穎而出，成為歌壇與演藝圈亮眼的明星。

白冰冰在演講時又說，她小時候家裡很窮，每天不管是上學或在家，常只能穿同一套學生制服上學。有一次，她得獎了，要上台領獎，但因衣服太破、不好看，老師還臨時換人代她上台領獎，讓她心裡很難過。

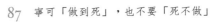

然而，就像白冰冰勉勵學子們的話——「**凡事靠兩力——努力與毅力。**」不管人如何窮困，只要有「兩力」，就能脫貧、翻身，也能令人刮目相看。

所以，有些人雖有殘疾、病痛，卻寧願有目標地「做到死」；有些人則是有健全的身體，卻懶惰地「死不做」，真是有天壤之別呀！

不過，除了「兩力」之外，若能再加「三力」，那就會是更棒了！就是——「**能力、魅力、決斷力**」。

人若有獨特的「專業能力」，加上吸引人的「個人魅力」，做事又有不拖泥帶水的「決斷力」，那，豈不就能無往不利？

勵志小語

- **凡事靠兩力——「努力與毅力」。**
- **圍牆裡跑不出千里馬，溫室裡種不出萬年松。**
- **成功的三力——「能力、魅力、決斷力」。**
- **把嘲笑當激勵，朝著夢想前進。**

要拚 就拚誰先放下

與自己最親近的人，
要在哪一點上拚輸贏呢？
能不能為了更好的結果，
放下自認為對的道理，自己先放下、先退讓……

我們每個人每天都在說話和溝通，親子之間、夫妻之間、情侶之間、同仁之間、朋友之間、上司與部屬之間……有時，溝通得很愉快，笑到肚子好痛，眼淚都笑到掉了出來；可是，也有人講到面紅耳赤，雙方恨到大打出手，甚至把對方砍了、殺了……

曾有大企業家的第二代小開，與知名明星辦個世紀婚禮，宴客一、兩百桌，巴不得所有親友都知道他的風光；然而，過了不久，小孩也生了、長大了，夫妻之間卻天天互罵、互指對方的不是！原本恩愛的一對、人人稱羨的鴛鴦美滿夫妻，後來卻離婚了，還為了孩子的監護權對簿公堂，把夫妻衝突、爭吵、不和的家務事，赤裸裸地攤在大眾面前。

最近，有個前輩告訴我一些話——

「人要活得快樂、幸福很不容易！人與人相處，尤其是自己最親近的人，要在哪一點上拚輸贏呢？在意見相左、有衝突時，能不能為了更好的結果，多傾聽對方，也放下自認為對的道理；要拚，就拚誰先放下，那麼，就可以處處遇見幸福啊！」

聽到這些話，我心裡滿是感動與震撼。

要多傾聽對方，放下自認為對的道理——這，是多麼不容易啊！不過，當我們「自認為對」時，別人也「自認為對」呀！只是，我們常站在自己的立場與角度來看事情。

所以，**「要拚，就拚誰先放下，才能遇見幸福！」**

哇，這真是太偉大了！我們都不願認輸，都想在口舌上爭得上風；「誰，願意先認輸呢？誰，願意先低頭呢？誰，願意先放下呢？」

然而，有聰明EQ智慧的人，為了有「更美好的結果」，必須懂得「先放下」。因為，為了更好的結果，必須有人先認輸、先低頭，才不會「兩敗俱傷」。

「懂得贏，也要懂得輸啊！」因為，每次都贏，朋友就會變敵人了。適度的輸、包容和退讓，也懂得放下與低頭，才不會撞到頭啊！所以，古人的詩詞寫道：

「手把青秧插滿田，低頭便見水中天；
身心清靜方為道，退步原來是向前。」

GOAL

《激勵小筆記》

懂得贏，也要懂得輸

有一位八十歲老先生，在慶祝大壽生日時，親朋好友問他：「張爺爺，您這麼高壽和美滿婚姻的秘訣是什麼？」

張老爺爺說：「就是要保持愉快的心啊……我在結婚之後，就與太太約法三章——**在生活之中，若有爭吵，誰比較理虧，誰就要閉嘴，自己到院子裡散步……這麼多年來，你知道嗎，都是我自己到院子裡散步！**」

這，就是高壽和美滿婚姻的秘訣。

另有一對六十多歲的夫妻，生活一直美滿和諧，很少爭吵；有人就問老奶奶：

「王奶奶，您如何維持這麼美好的婚姻啊？夫妻要不會吵架，很難耶！」

此時，只見老奶奶拉出了抽屜，裡面有兩個可愛的「中國結娃娃，和一本存摺」。王奶奶說：「在結婚時，我娘就告訴我，夫妻最好別動怒、大聲吵架；如果妳覺得心裡有委屈的話，你就要忍住氣，靜下心來，自己安靜地打個『中國結娃娃』……」

一旁的王老先生喜形於色地說：「太好了，你看，我的脾氣多好，這麼長久以來，你只打了兩個中國結娃娃，表示我這個人很好，都不會惹妳生氣！」

「是啊，就只有兩個中國結娃娃呀……」王奶奶邊說邊拿起抽屜裡的那本存摺，說道：**「你可知道，這本存摺裡有九十多萬元，都是我平常賣掉小中國結娃娃，慢慢積攢來的啊……」**

「要拚，就拚誰先放下，才能遇見幸福！」

一個人要「懂得低頭」、「懂得自願到院子裡散步」、「懂得忍住怒氣、打中國結娃娃消氣」，才不會讓雙方剛衝突的小火苗，變成熊熊大火呀！

「**忍**」字——是心上即使有一把刀，還是要吞下來。

「**侶**」字——是兩個口；一大口，一小口，才能相安無事。

「**我**」字——左邊是「手」，右邊是「戈」；每個人都手拿刀戈來自我防衛，誰侵犯我，誰惹我，我就要拿刀戈反擊。

然而，「懂得贏，也要懂得輸」呀！

只要懂得愛，懂得「輸給對方」、「製造對方贏的機會」，我們才能真正贏得雙方的情感與友誼啊！

勵志小語

- 懂得先放下、先退讓，才能遇見幸福。
- 每次都贏，都在口舌上爭得上風，朋友就會變成敵人。
- 適度的輸，適度的包容和退讓，可以讓敵人變成朋友。
- 愛他，就要製造對方贏的機會。

三

凡事主動 扭轉命運

勇敢面對挫折 必能乘風起飛

我是戴老師的學弟，在高中時曾被留級過，
而戴老師是兩次聯考都沒考上大學，
我們都在求學過程中遭到不順利，
但，每個人都不能因挫折而放棄自己……

中興大學一位林教授打電話給我，邀請我去演講。林教授在電話中告訴我，他是我衛道中學（高中部）的學弟，本來晚我一屆，但因為數學不夠好、不及格，被留級，後來晚我兩屆畢業。

啊？……被留級，後來還能當上大學教授？真是太神奇了！

真的，這學弟即使數學不好，後來他大學念了中文系，又拿到中文碩士、博士學位，也在中研院待過，目前服務於中興大學。

在我的演講會後，林教授於結語時，不諱言地告訴現場的同學們：「我是戴老師的學弟，在高中時曾被留級過，而戴老師是兩次聯考都沒考上大學，我們都在求學過程中遭到不順利，但每個人都不能因挫折而放棄自己！現在，我站到人多的講台上，還是會很緊張，不像戴老師口才那麼好……」

其實，我的口才也沒有很好，只是，在那當下，我很感動林教授竟然願意在全場爆滿的學生面前，勇敢地說出：「我在高中曾經被留級過……」一個人，要公開說出自己的缺點，是需要極大勇氣的。不過，換個角度想，留級，只因數學一科不好，那又有什麼關係？林教授還不是能於其他領域表現傑出，而拿到博士學位、貢獻所學？

二〇一〇年，我曾於畢業三十三年後，受邀回到母校衛道中學演講，有校方人員客氣地告訴我——演講時，可不可以別說「我曾經兩次沒考上大學」？因為怕學弟妹們會說：「戴學長以前沒考上大學，都可以回來演講，那我們若沒考上大學也沒關係……」

然而，在母校的演講過程中，我還是勇敢承認——「我兩次沒考上大學」，那沒什麼可恥，只是年輕時的一個過程。我真的是「英文、數學、歷史、地理、物理、化學……」都不好，只有「國文、作文」一科比較好而已。但，別怕，老天不會放棄你的！只要有一科好、超棒，你我都能活出精彩、漂亮的一生呀！

「勇敢承認自己缺點，是改變的開始！」

誰無缺點呢？可是知道自己的缺點，也知道自己「會什麼」、「不會什麼」；「要什麼」、「不要什麼」，才能找到自己生命的方向，進而奮力追尋。

「心念有多寬，舞台就有多廣！」

人只要知道「自我優勢」，並永不放棄希望，就能重返榮耀的舞台。

因為，**「勇敢面對挫折，總有一天，必能乘風起飛啊！」**

《激勵小筆記》

上帝的延遲，並不是上帝的拒絕

有個馬來西亞的女讀者在我網路上留言：

「戴老師：在朋友的推薦下，我在初中一年級時，閱讀了您的作品——《天天超越自己》；讀完您的文章，覺得有一股推動力，讓自己邁向正面前進。可是，我就像個三分鐘熱度的人，無法在某些事上堅持，實在是對戴老師和自己很對不起。」

其實，我們不能用相同的方法，去做相同的事，卻期待得到不同的結果。

我們常會有「感動」、「心動」，卻沒有積極改變，也沒有持之以恆的「行動」。這，就是所謂的「三分鐘熱度」。

每個人都要有「企圖心」，加上堅持下去的「耐心」，才能贏得漂亮的自己。

就像本文中的林姓學弟，高中時期即使被留級了，卻仍不放棄自己；他用「企圖心」去改變自己，也用「耐心」，堅持自己的專業，終於成為大學教授。

事實上，**「上帝的延遲，並不是上帝的拒絕。」**

當我們的目標尚未達成時，並不是上帝拒絕、放棄了我們，而是上帝要看到我們願意以「行動」，積極且耐心地追求，才會賜給我們豐盛的獎賞啊！

勵志小語

- **心念有多寬，舞台就有多廣。**
- **勇敢面對挫折，總有一天，必能乘風起飛。**
- **企圖心+耐心=贏出自己。**
- **上帝的延遲，並不是上帝的拒絕。**

親情沒有隔夜仇

愛他，就別傷害他；愛之深，責勿切。
別讓孩子在打罵教育下，
失去了活潑、可愛的笑容，
也失去了自信心。

我正試著想像一個事件場景——假如我有個兒子，父子關係不融洽，大學畢業後，送他到美國唸書，可是，有一天，我兒子從美國傳來一封電子信，上面寫著：「你們以後不用再e-mail給我了，錢也不用匯了，我會自力更生，我會活得很好，也不要再找我了……」從此以後，這個兒子就人間消失了三年多……

假若我的兒子用如此冰冷的電子信，向父親做「斷絕血緣關係」的告白，會讓做父親的我，心境是如何的悲慟至極？

這樣的事件場景，並不是發生在我身上，而是台灣成功大學一位景姓教授的真實故事。報載，景教授最近出了一本書，書名是《孩子對不起——一個父親的懺悔》；他在新書發表會上向在美國失聯三年的長子喊話：「孩子，爸爸永遠等著你，要當面向你說聲對不起！」

為什麼景教授會「出書、向失聯的兒子道歉」？因深信「棒下出孝子」的他，對長子從小寄予厚望，但孩子成績不理想，在他長期的責罵教育下，失去了原本活潑、可愛的笑容，也失去了自信心。

兒子在電子斷絕信中說：「印象中，你的笑容，只有在照片裡看過，當我傷心的時候，你從不會出現」、「我想忘記過去，過我自己」……，寄出電子信之後，父子親情就如同斷了線的風箏，兒子似人間蒸發，故意消失，不認父親了。

在新書發表會上，景教授悲慟地說：「這三年來，我和妻子在一次又一次的淚水裡深切檢討，我們都太自以為是，以為『對孩子好』，就強加諸在孩子身上，卻忘了孩子心裡的感受……也希望天下的父母，不要犯像我一樣的錯。」

的確，**當父母的人，對待孩子常是——「想愛他，卻傷了他！」「愛之深，責甚切！」**可是，孩子畢竟是單獨自主的個體與生命，他的才華與強項，不一定在課業成績的分數上啊！

景教授說，有一次，他在盛怒下，大罵兒子——「我一輩子的名次加起來，還沒有你一次多！」當時，孩子的臉上充滿著恐懼、憤怒、怨憎的眼神。

也有一次，他們父子最後一次爭吵，孩子冷冷地對他說：「如果我十年不回家，你會怎樣？」當時，他也冷冷地回答：「我等著你十年後凱旋歸來！」這冰冷、沒溫度的父子對話，讓孩子打定主意，和父親斷絕關係……

記得三年前我到馬來西亞檳城演講時，曾看到一幼稚園的廣告，上面寫著：

「孩子們喜歡去好玩的地方，

但他們只留在有愛的地方。」

沒有了「愛」，有些孩子寧願選擇斷絕親子間的聯絡，獨自面對人生；這，多讓父母心慟啊！

「愛他，就別傷害他！」「愛之深，責勿切啊！」

悲慟難度日的景教授，勇敢地出書，並公開向孩子「認錯」；也透過各種管道，四處打聽兒子消息，後來得知兒子借了十萬美金的助學貸款，完成碩士學業，已在美國一銀行工作，並交了女朋友……孩子把憎恨父親的心，轉化為努力上進的動力，這，也讓心痛的父母，稍有些寬慰。

最近，我把一張積壓七年的書法，拿去裱框，掛在辦公室牆上。這書法是傳播學者鄭貞銘教授親筆所寫，寄給我的；他說，他心血來潮，就拿毛筆寫下：

「**生命沒有回程票，**

親情沒有隔夜仇。」

這句話，我好喜歡，送給全天下「為人子女」的每個人；也祝福景教授全家人，早日快樂、幸福團圓。

《激勵小筆記》

學習「容忍別人的不完美」

「原諒和愛的能力，是上帝賜給人們最有利的武器，為的是要使我們在這不完美的世界上，能活得更完全、勇敢，更有意義。」

——美國猶太教拉比・哈洛德・庫希納

佛光山有位徒眾，自台灣大學畢業後，出國進修拿到碩士學位，又到耶魯大學完成博士學位回台。有一天，這年輕人問星雲大師：「師父，我現在得到耶魯大學博士了，以後要再學什麼呢？」

星雲大師簡短地回他一句話：「學做人。」

一個人，即使拿到了碩士、博士，都還是可以努力地「學做人」。當父母的，

要學習如何善待孩子，給孩子愛、溫暖、歡笑和鼓勵，不要動不動就怒責、痛打孩子；當孩子的，在日漸長大成人後，也要懂得積極向上，並學習慈悲、認錯、柔和、生忍、低頭、報恩……

的確，**「學做人，是你我一輩子的功課。」**

我們都是不完美的人，都有缺點；同時，我們也要學習「容忍別人的不完美」。

父母即使曾經打罵過我們，但若還能「柔和、生忍、報恩」，豈不是更有修養、更有福報。

真的，「親情沒有隔夜仇」；因為，**「幸福，來自慈悲與放下啊！」**

勵志小語

- 孩子們喜歡去好玩的地方，
  但他們只留在有愛的地方。
- 生命沒有回程票，親情沒有隔夜仇。
- 別讓一時的衝動，成為一生的後悔。
- 別以為「對別人好」，
  卻忘了別人心裡的感受。

致勝關鍵
在人的行動力

人，不能缺乏自信，
不能一直認為「舞台是別人的」；
只要願意積極爭取、永不放棄，
有一天，舞台就會是屬於自己的。

最近，有一汶萊的年輕華人小楊在我網站上留言，謂他即將與十一名團員來台灣觀摩；另有來自新加坡、澳洲、紐西蘭、南非等國家的華人青年，也都會來台灣參訪、交流三個星期。小楊說，希望能在台北與我見面、請教……

當然，對於遠道來訪的讀者，我抽空與他在辦公室見了面。小楊是個憨厚的青年，他說，他看了我三十多本書，給他很多的啟示；這次第一次到台灣來，他不能錯過機會，一定要主動開口，爭取來和我見面、談話與拍照的機會。

的確，機會是主動爭取來的，不是天上掉下來的。

很多人都會覺得「不好意思」、「不必了」、「人家可能會拒絕你」、「以後再說吧」……每個人的心態不同，在面對問題時，有些人想放棄，有些人就是不想放棄——「因為，總有一絲的機會，讓自己姑且一試吧！」

在見面時，小楊這麼跟我說，也很開心地與我合照。

是的，人，不能缺乏自信，不能一直認為「舞台是別人的」；只要願意積極爭取、永不放棄，有一天，舞台就會是屬於自己的啊！

年輕時，我主動商請電台名播音員，每週抽一點時間聽我的新聞錄音，指導我播音。我一個字、一個字地慢慢練習，對我口齒與發音幫助甚大；現在我能在台上演說，都要歸功於當時電台播音老師的教導。

我也曾主動打電話到報社，麻煩副刊主編審閱我寫的文稿，給予我意見；我

不怕人家說我的稿子不好，只要告訴我修改的方向，我都願意再修正、再重寫。

這名汶萊的年輕人，願意主動與我約時間，特別來看我，也送了汶萊的電影DVD當禮物，文化交流。此時，我想起了兩句話——

「這個世界充滿著機會，只要相信自己、凡事主動，沒有什麼不可能。」

「毅力，會讓挫折變成禮物。」

人生有順境、有逆境；但，低潮就是高潮的前奏曲。你我，都沒有人能拒絕低潮；但，在低潮中，我們都必須擁有「行動力」，去開創生命的高潮。

企業決勝的關鍵，在員工的行動力。

個人致勝的關鍵，也在主動積極的行動力。

「知識力」加上「行動力」，就能使我們的生命「如虎添翼」啊！

《激勵小筆記》

心態，決定人的成敗

胡適先生在《四十自述》中提到自己年輕時的往事——一九〇九年，胡適十八歲，人住在上海，卻每天無所事事，只是和朋友打牌、閒逛、看戲過日。

有一天晚上，胡適和朋友喝醉酒，喝到人茫茫地在街上走路；他一隻皮鞋穿在腳上，另一隻則拿在手上，也沿路用皮鞋對著商店亂敲打，結果被警察抓走了。隔天早上，胡適酒退了，人醒來了，才知道自己昨晚喝醉酒的糗事，也羞愧得滿臉通紅，恨不得就鑽到地洞裡去。

後來，胡適下定決心，離開上海到北京，發奮圖強、閉門苦讀；後來也參加公費留學考試，順利通過，前往美國康乃爾大學深造，改變了他的一生。

我們在年輕時，不一定馬上有自己喜歡的工作，但可利用空檔時間，努力充實

自己；就像胡適一樣，下定決心造就自己，不再無所事事，或喝酒誤事。

同時，年輕時，也要學會「柔軟彎腰」，因為——「只要學會彎腰，主動請教，就不怕找不到工作。」

看看冬天積雪覆蓋的樹枝，有些會應聲斷裂，有些則不會斷裂，為什麼？

因為，有些樹枝具有「柔軟度」，被大雪積壓到一定程度時，就會自動彎下身來，讓積雪掉落到地下，來減輕自己的壓力；有些樹枝沒有柔軟度，強硬不肯下彎，一直硬撐，最後雪的重量太重，樹枝就會應聲折斷。

人也是一樣，要有柔軟度——「主動開口、主動請教」；也要懂得找到出口，適度地釋放心中的不快樂與委屈，情緒才不會爆炸。

只要主動開口請教，前輩就會開導我們，師長也會指導我們方向，或指引我們求職時的人脈與機會啊！

勵志小語

- 要有自信，舞台就是自己的！
- 毅力，會讓挫折變成禮物。
- 這個世界充滿機會，
  凡事主動，沒有什麼不可能。
- 學會彎腰，不怕找不到工作。

做事要「講究」不能「將就」

將就，是不求品質，得過且過，敷衍了事；
但講究，是做事認真不馬虎，
凡事實事求是，追求完美，
這樣，別人才會記得我們……

年輕時，我在電視公司當記者，有一女同事採訪新聞回來、寫完新聞稿，交了出去，可是編審看了，氣得把新聞稿丟在地上，大罵：「寫這什麼稿子，重寫！」

年紀都不小了，能當上電視記者也很不容易，但卻被主管當眾羞辱，丟稿件，害得這女同事難過得哭了起來。我不知道這女記者的稿子出了什麼問題，不過，我以前也曾在某單位做短暫執行秘書的工作，主管就曾對我說：「晨志，你要記得，做事不是只有『做完』，而且還要『做到完美』。」

這件事，一直讓我印象深刻。做完，只是完成一件事，交差了；可是，若其結果有許多瑕疵，飽受批評，甚至惹來爭議，那麼，「做完」有什麼用？

許多大學生交報告也是一樣，內容從網路上東抄西抄，連標點符號都不懂用心使用；有些人，更不懂得分段，或錯字連篇、不知所云……這種「做完」，隨便交差了事，有用嗎？寫報告要儘可能「做到完美」，讓老師、主管看了感動，讚譽有加，才有意義啊！

◎

去年，我們全家到加拿大旅行，當我開車在山區大道前進時，我問孩子們：「你們看，前面那一座是什麼？」

兒子、女兒不約而同地回答說：「是路橋啊！」

我又問：「是給誰走的？」

「車子啊！」兒子、女兒念小六、小五，不加思索地就回答。

「不，那不是給車子走的路橋，是給動物走的路橋。」

「啊？真的嗎？……怎麼可能。」

「真的，你們看，那橋面，並不是筆直的，是彎的，而且還種了一些樹，是給道路兩邊森林裡的動物通行用的橋，免得牠們在越過馬路時，被汽車迎面撞死……」我告訴孩子們。

到了異國，看到別人的「用心」、「認真」與「講究」。

在台灣與大部分國家，誰還去管動物的行動路線？誰管動物會不會被汽車撞死？然而，為了愛護森林中的動物，不管是鹿、狼、小松鼠、灰熊……加拿大政府花了大筆錢，在洛磯山脈的快速大道上，蓋了好多提供動物生活、行動、免於被車壓死的「專屬路橋」，讓牠們生活在快樂的森林天堂。

一個人的「態度」，決定他的「高度」。

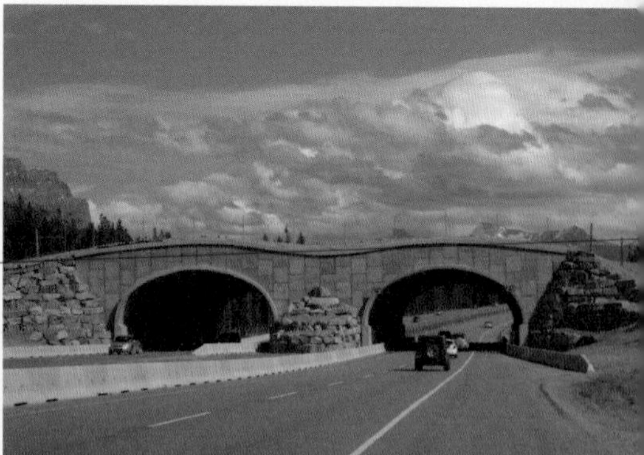

這座動物的專屬路橋是牠們得以生存的快樂天堂。

我們做事的態度是要「講究」，而不能「將就」。

「將就」是不求品質、得過且過、敷衍了事；但「講究」，是做事認真不馬虎，凡事實事求是，追求完美。這樣，別人才會記得我們，我們也才能把自己推銷出去啊！

《激勵小筆記》

不只「做完」，還要「完美」

紐西蘭廣電兼移民部長柯爾曼（Jonathan Coleman），曾在國會慷慨激昂地發表有關政府稅收立法的演說，宣傳此法的好處；可是，當他講了約十分鐘，台下議員們都一臉狐疑，因大家不知道，移民部長在台上大談「稅收」幹什麼？也有議員試圖提醒柯爾曼，但他不為所動。

柯爾曼發表完演說後，才發現，他唸的演講稿是「兩年前稅務部長鄧恩發表過的講稿」，幕僚給錯了，而造成這麼丟臉的大烏龍。

柯爾曼在事後，顏面盡失；他說，當時他也發現講稿有問題，但還是硬著頭皮把它唸完……

唉，當了部長，還如此不認真、不用心、不講究，而隨便「將就」，真是難堪呀！

所以，做事不能「隨便、將就」，而是要「用心、講究」；因為，「用力，自己知道，用心，別人知道啊！」

一個人，如果學習態度有「講究」，將來找工作才不會「將就」啊！

勵志小語

- 做事不能只「做完」，還要「完美」。
- 用力，自己知道；用心，別人知道。
- 態度，決定一個人的高度。
- 學習態度有「講究」，
將來找工作才不會「將就」。

脫貧是每個人的責任

新加坡雖然小，可是那裡賺的錢比較多；
馬來西亞那麼大，可是賺的錢那麼少……
唉，我沒唸什麼書，
哪會知道啊？

芙蓉，是個美麗城市的名字。當我抵達吉隆坡國際機場時，已是下午兩點半。一出關，主辦人員即陪同我一起搭車前往芙蓉。

我的個性是，每到某個地方演講，一定要先去勘查演講場地；芙蓉中華中學的大禮堂，很棒，會場有冷氣；而且，該校在二〇一二年，就要歡度「百周年校慶」。我算一算，天哪，先民先賢在「清朝末年時」，從中國沿海遠赴南洋謀生，在馬來西亞落腳；即於芙蓉設立簡陋的私塾學校，用心教導下一代學習華文，以避免中華文化失去傳承。

大陸曾流行一句話：**「再窮不能窮教育，再苦不能苦孩子。」**的確，教育很重要，華人祖先再苦，也要讓孩子受教育、有文化、有知識，真是令人感佩！

看完芙蓉中學的場地，由於距離晚上演講的時間還早，加上一大早搭機奔波勞累，我請承辦人員帶我到附近的按摩店，做一小時的按摩，以消除疲勞。

那按摩小姐，噢，不，是按摩中年婦人，講得一口標準華語；她說，她是中國瀋陽來的。因為家境窮，沒唸什麼書，只好跟朋友到馬來西亞幫人按摩、賺點錢。

「本來，我可以選擇到馬來西亞或新加坡打工的。」那按摩婦人說：「可是我攤開地圖一看，新加坡那麼小，我去幹嘛？馬來西亞那麼大，才好玩，所以，我就跑到馬來西亞來了！」

這婦人嗓門很大，講話時，隔壁三間的人都聽得到。

她繼續說：「可是現在我後悔了。」

「為什麼？」

「因為新加坡雖然小，可是那裡賺的錢比較多；馬來西亞那麼大，可是賺的錢那麼少……唉，我沒唸什麼書，之前我哪會知道啊？」這大嬸一邊幫我按摩，一邊扯著嗓門說著。

「你知道嗎，我們有三個女人一起出來打工，第一次出國，就到吉隆坡；可是我們沒唸書，都不懂英文，不知道廁所在哪，找來找去，也不敢問人家，所以在機場憋尿憋了一小時……」這婦人邊說邊笑了起來。

一小時的按摩，我就一直聽那瀋陽婦人講話；最後，她說：「像你們有念書、有知識，能演講，多好！」

的確，「**知識，就是力量。**」「**知識，能變成黃金。**」

我們每個人都要——「**窮中立志，苦中進取！**」趁年輕時，趕快讓自己脫貧，因為，「**脫貧，是每個人的責任啊！**」

《激勵小筆記》

找到自己心中的「那口活井」

《二〇一〇年全球青年就業趨勢》報告指出，去年全球十五歲至二十四歲青年勞動人口約六・二億，其中，有八千一百萬人失業，失業率高達13%，創下歷史記錄。

該報告說，許多年輕人對就業前景感到挫折，索性放棄找工作，淪為「失落的一代」，甚至連德國、英國、法國、西班牙、美國……的年輕人，依賴父母「啃老」的現象也十分嚴重，造成許多沒有目標、無法脫離貧困的「啃老族」。

其實，年輕人中，有很多人都是「天才」，但，是天才、有能力，卻對生命失去熱情與目標，也經不起挫折，於是，天才也可能成為「啃老族」。

一個人，若看不清楚自己，找不到生命熱情的所在，怎能發揮自己的天才？

人的心中，需要有「一口井」——一口擁有活水泉源的深井。

生活中缺乏「活水泉源」，心中沒有「湧泉的水井」，就會失去了目標，失去鬥志，只能依賴父母、啃老，天才就會殞落，而無法成為人才啊！

要把「天才」變成「人才」——一個真正有用的人才，生命才會有意義。

所以，要趕快找到自己心中的「那口活井」，找到自己「真正想要」、「一定想要」的目標是什麼？

只要找到生命的活井，讓它泉湧而出，才能讓自己的天才，變成人人稱讚的人才啊！

勵志小語

- 知識，就是力量；知識，能變成黃金。
- 別對生命失去熱情，而成為「啃老族」。
- 要把「天才」，變成有用的「人才」。
- 心中要有一口「泉湧的水井」。

要有強烈的成功飢渴性

人生，有一連串的不完美，
人生，也有許多的不公平，
但是，你我都要去適應它。
我們要用豪情與壯志，來「拒絕平庸」啊！

在德國，有一位安潔莉卡（Angelika Trabert）小姐，一出生就沒有雙腿，右手也只有三根手指頭；然而，她在六歲時，第一次坐上迷你馬時，就愛上騎馬的運動。可是，她沒有雙腿，如何騎馬呢？安潔莉卡求助「德國治療性騎乘協會」，特製一付馬鞍，也拿掉義肢，讓她用僅有的小腿「卡」進馬鞍來試騎。

就這樣，靠著她的興趣與毅力，安潔莉卡不斷地騎乘、練習；後來，她只用上半身，就能在馬上控制馬匹快速前進，甚至藉著座騎，在馬上舞動芭蕾舞姿。近二十年來，她參加過四屆帕奧、世錦賽、兩屆歐洲錦標賽的馬術比賽，共獲得一面金牌、十一面銀牌，也獲德國政府頒贈「金色騎士勳章」等榮譽。

平常，安潔莉卡也會與一般選手參加騎術賽，當她坐騎在馬背上馳騁時，沒人發覺她是「沒有雙腿的騎士」；但在她下馬時，需要有人揹，大家才驚覺到——天哪，她竟然是個沒有雙腿的馬術騎師！

四十三歲的安潔莉卡前一陣子來到台灣，為觀眾舉辦示範表演，也參加「希望杯」國際身心障礙者馬術賽。安潔莉卡告訴台灣選手——她是藉著保持「對目標的飢渴」（hunger），才達到騎術人生的頂端。

的確，一個人的生命，想達到巔峰的成就，就必須有「飢渴」、有「渴望」；換句話說，就是——「想成功，必須有強烈的成功飢渴性。」

沒有飢渴、沒有目標、沒有渴望、沒有行動，怎能讓自己成功呢？

所以，安潔莉卡多年來，常用一句話來勉勵自己——「**你能做的，比不能做的更重要**（It's ability not disability that counts.）」

就像腦性麻痺的美術工作者黃美廉博士，她說話不太清楚，也不能好好開口唱一首歌；但她說：「**我只看我所擁有的，不看我所沒有的。**」

我們都是在學習——多珍惜我們身邊擁有的，也要善用自我的能力與優勢，以積極的行動，來舞出自己生命的希望；因為——

「**用心在哪裡，成功就會在那裡啊！**」

「**安逸，是人生的安眠藥！**」

「**我只看我所擁有的，不看我所沒有的。**」

「**別住在舒適圈，要往壓力最大的地方走。**」

許多成功故事、許多名言佳句，都是我生活的精神食糧；我常背誦在口、在心，也是舞出我生命希望的動力。

《激勵小筆記》

苦難，是化了妝的祝福

「最快活的人生是——善用自己的能力，完成心中的偉大目標，在入土為安以前，用盡你的才華。」

——蕭伯納（英國劇作家）

每個人的天生條件都不同，有人俊帥英挺、人人稱羨；有人美如天仙，人稱超級名模。但，也有人天生殘缺，或不曾張眼看見這多彩的世界。

就如同安潔莉卡小姐一樣，她一出生就沒有雙腿，但，她善用自己的能力與才華，完成心中的偉大目標，成為「沒有雙腿、卻舞動芭蕾舞姿的勇敢騎士」。

有句話說：**「人生都有苦難，也都有重擔；人性也有邪惡、霸道、欺凌、污**

峨，但，到後來，這些都對我有益處，因為，苦難就是化了妝的祝福。」

人生，有一連串的不完美；

人生，也有許多的不公平。

微軟創辦人比爾蓋茲說：「人生並不公平——不過，你要適應它。」

然而，在不公平、不完美的人生過程中，「勇敢嚐試」比「謹守本分」更重要！

人，就是要有強烈的成功飢渴性，大膽地勇於嚐試，才能美夢成真。

就像高希均博士在交通大學演講時所說：**「平庸，不是交大人的選項。豪情與壯志，才是交大人的DNA。」**

你我，都要有「豪情與壯志」，也都要「拒絕平庸」啊！

勵志小語

- 安逸，是人生的安眠藥。
- 在入土為安之前，
  要善用自己的能力與才華。
- 苦難，是化了妝的祝福。
- 要用豪情與壯志，拒絕平庸。

四

樂觀是一種力量

想成功沒有偷懶的權利

老闆在交代多件重要任務時，
你敢空手坐在那裡嗎？
去見老闆時，
是要帶著心、帶著腦、帶著筆和紙……

最近，我看到美國房地產銷售大王湯姆・霍金斯（Tom Hopkins）的故事：

霍金斯年輕時，身無分文，但在一番挫折、學習與蛻變之後，他創下了一年賣出三百六十五棟房子的紀錄，也是全美房地產銷售的最佳紀錄。後來，他轉型為銷售教練，是全美國銷售講師中，演講費最高的；三十八年來，他演講四千七百場，超過四百萬人上過他的課。

有一次，他在一千五百名聽眾的演講中，突然走下講台，對一名神情恍惚、不專心、沒寫筆記的學員大聲吼叫：「你知道，你正在浪費時間嗎？……你們公司付錢，讓你來這裡上課，你難道要空手而回嗎？」此時，這恍惚的學生很尷尬，羞愧地說不出話來。

這些話很嚴厲，也讓這名學員很難堪。然而，霍金斯又說：「來上我的課的人，不能白花錢。**我的激勵營，不是『勵志營』，而是『軍營』！**」

聽演講、上課的目的是什麼？是學習別人的經驗、把別人的精華，積學儲寶，統統帶回家；可是，不記錄、不寫筆記，能記得什麼呢？

很多人會說：「我忘了帶筆、紙。」這是什麼理由？去借啊！趕快跟旁邊的人借啊！開口、開口，只要開口借，就有機會啊！

假如，你的老闆正在交代多件很重要的任務，或在宣佈很重要的政策，你敢空手坐在那裡嗎？難道你不知道去見老闆，是要「帶著心、帶著腦、帶著筆和紙」，隨時做記錄的嗎？

我曾受中國一企業的邀請前往演講，在我演講時，老闆與絕大部分員工都帶筆記錄，但有一員工無動於衷地空手坐在椅子上；我對他說：「你們老闆花大錢請我來演講，你卻連筆、紙都沒有，也不開口去借；如果你不願意寫筆記，請你出去……」此時，這員工嚇得趕快去借了筆和紙。

我深信：「**嚴格，也是一種慈悲。**」

年輕人在職場上想成功，「隨時記錄」是一件很重要的關鍵——記錄別人的成功秘訣、記錄老闆的任務交代、記錄客戶的好惡習慣、記錄激勵自我的心法……。我也相信——

「**超強的記憶，不如一支短短的筆。**」

「**想成功，你沒有偷懶的權利。**」

「**想成功，你沒有不勤作筆記的權利。**」

《激勵小筆記》

自滿，是自己給的，要小心

清華大學曾頒授名譽博士學位給東和鋼鐵董事長侯貞雄，並邀請他在學生的畢業典禮上致詞。侯董事長則送給畢業生三句話：

「天資，是上帝給的，要感謝；

名譽，是別人給的，要謙虛；

自滿，是自己給的，要小心。」

學到這三句話，真是讓我受用不盡。

有些人天資聰穎，有了成功事業，賺了金錢，也有了名譽，但也會心生自滿。

然而，在學習進步、成長的這件事上，我們都得謙虛、不自滿。**我也相信，多閱讀、多聽演講、勤作筆記，就能夠「把別人的智慧，裝進自己的腦袋」。**

「我往哪裡走」比「我從哪裡來」更重要。

「做什麼」也比「說什麼」更重要。

我們都要用心學習、記錄，讓自己成為一個充滿「正面能量」的人，而不是一個「只會說」而「不會做」的人。

而當擁有「正面能量」時，我們就會有正面思維和新的方向，往目標前進，而不是一直停滯地想著「我從哪裡來」？

相同地，「想成功的人，沒有偷懶的權利。」

當我們勤奮學習、勤作筆記，就能讓自己成為一個「充滿正面能量」的快樂人。

勵志小語

- 天資是上帝給的，要感謝；
  自滿是自己給的，要小心！
- 「我往哪裡走」比「我從哪裡來」更重要。
- 「做什麼」比「說什麼」更重要。
- 要把別人的智慧，裝進自己的腦袋。

揮別低潮　邁向生命高潮

用智慧來啟發別人，
帶給別人正面思考和啟示，
就是「貴人」；
而且，這是「最貴」的貴人……

在彰化市社區大學演講後的簽書會中，一位六十多歲的老先生，是最後一位拿書來給我簽名的讀者；他笑笑地對我說：「戴老師，謝謝你，你是我的貴人！」

「啊？我是你貴人？……怎麼會呢？」我一頭霧水，抬起頭，看著他，也將簽好名的書，雙手奉還給他。

「你是我的貴人，沒錯啊！」這老先生神情喜悅、聲音洪亮地對我說：「你今天的演講，啟發了我很多的智慧，讓我有很多的省思，你就是我的貴人啊！」

「噢，您太客氣了！」我說。

「戴老師，你知道嗎，成為別人的貴人，有四種可能的條件……」

「啊？……什麼是當貴人的條件？哪四種？」我不解、又好奇地問。

「成為別人的貴人，第一個條件是『**金錢幫助**』，也就是用金錢去幫助別人。」

嗯，這點我同意。「第二個條件呢？就是『**職務的調動**』，也就是利用職權，去提拔部屬。」老先生認真地對我說。這點，我也認同。

「第三個條件呢，就是──『**以身作則當模範**』；也就是身體力行，成為別人的榜樣，成為別人學習進步的典範。」

嗯，成為別人的「楷模」和「學習的對象」，也是貴人的一種。

最後一種條件呢？這老先生對我說：「**就像你這樣，用智慧來啟發別人，帶給別人正面的思考和啟示，就是貴人；而且，這個條件是『最貴』的！」**

啊？……是嗎？用智慧來啟發別人，是「最貴的貴人」？哈，這是我第一次聽到的觀念。

當老先生一邊講述這四種貴人的條件時，我一手抓住一張廢紙，一邊記錄下他所說的智慧語詞。最後，我對他說：「謝謝您，今天，您就是我的貴人，我正從您的口中，學到很棒的人生智慧啊！」

在我回家途中，我一邊開車，一邊思考：「的確，這一生中，我們身邊有許多幫助過我們的貴人；有人用金錢資助我們、有人在工作上提攜我們、有人以身作則帶領我們，也有人用智慧的話語來啟迪我們。」

在我年輕、被謠言中傷時，就曾有愛護我的老師安慰我說——**「晨志啊，一棵樹，要不是果實纍纍，怎麼會有人拿石頭去丟它呢？」**

當我在低潮時，我也想起別人告訴我的話——**「最低潮，就是最高潮的開始。」**

我們都在學習讓自己——有常識、有知識，更要有智慧；而且，若我們能用智慧啟發、鼓勵別人，也是別人的貴人啊！

《激勵小筆記》

果實纍纍，才有人用石頭丟它

一個人應當每天聽一些音樂、讀一首好詩、看一幅好畫；如果可能，也說幾句明智的話。

——歌德（十八世紀德國文豪）

不可對人性失去信心。人性是大海，幾滴髒水，不會使海洋變骯髒。

——甘地（印度聖雄）

真正的發現之旅，不在於找尋新天地，而在於擁有新的眼光。

——普魯斯特（法國文豪）

我們的社會很亂，壞事很多，但好事也很多，只是媒體的亂象，讓我們看見很

多黑暗面的事件。

然而，就像印度國父甘地所說，「別對人性失去信心」；也像歌德所說，我們可以每天多聽一些音樂，讀一些好文章，看一幅好畫，清靜自己的心，也多說一些明智的好話、多做好事，來幫助、鼓勵別人，也成為別人生命中的貴人。

所以，**我們不一定要找「新天地」，但我們可以讓自己擁有「新眼光」**——看見別人的好，也看到別人的智慧，使我們更成長、更堅強——這些，都是幫助我們成長的貴人啊！

「人生，不是鮮花鋪成的坦途。」即使，沿途中有許多玫瑰花，但多是帶著刺，我們都要小心！

然而，我們也都要感謝生命中，有許多貴人，提醒我們「不被美麗玫瑰刺傷」，也讓自己的生命，能綻放出豔麗的花朵。

勵志小語

- 以身作則當楷模，就是貴人。
- 讓自己有「新眼光」，
  看見別人的智慧與美好。
- 人生，不是鮮花鋪成的坦途。
- 別對人性失去信心，
  也多用智慧的話語，鼓勵別人。

別把自己要過的橋給弄斷了

凡有助於我們生命成長的事，
要劍及履及；
凡有害於我們身心健康的事，
要聰明遠離！

北歐芬蘭的黑諾拉，去年舉辦了一年一度的「芬蘭浴耐熱世界錦標賽」，參賽者必須待在號稱最高溫攝氏一一〇度的蒸氣室中，看誰待得最久？比賽時，每隔三十秒，在火爐中加水，形成蒸氣，讓選手們一直坐在蒸氣之中來耐熱。

最後，爭奪冠軍的兩名選手，一人是來自俄羅斯的拉迪森斯基，一人是本地芬蘭籍的考科寧；兩人在高溫蒸烤六分鐘之後，相繼不支昏倒。裁判一看不對勁，趕緊將兩人拖出來，然而，俄羅斯的選手不幸死亡，芬蘭選手也嚴重燙傷送醫急救。

這項比賽已經舉辦第十二屆，有來自十五國的一百三十人參賽；記錄保持人是一九九九年的冠軍，在蒸氣室裡待了二十分二十秒。但，這次烤死人了，主辦人說：「以後不要再辦了！」

看了這新聞，心中真是無限感慨！為什麼要去參加這種「致人於死」的比賽？即使得了冠軍，又能證明什麼？很勇敢？還是魯莽、愚鈍呢？

古人說：「趨吉避凶！」我們每個人都要往「真、善、美、吉」的方向走，為什麼要選擇「悲、狠、凶、慘」的方向前進？因為，硬坐在高溫蒸氣室中蒸烤，並不是一件聰明、偉大、有意義的事啊！衝動的匹夫之勇，只帶來家人的悲悽、痛苦和遺憾，這又何必？

「寧走十步遠，不走一步險。」這句古話，一直深印在我腦中。

有些人，身體不好，還硬參加危險性極高的高空彈跳；也有人心臟不佳，也去乘坐三百六十度的雲霄飛車；更有些年輕人，晚上不睡覺，男女共騎機車，高速飛飆，在大馬路上呼嘯而過。我在當電視記者時，就曾親眼採訪年輕人高速飆車、撞擊之後，腦袋蹦裂、腦漿橫溢的慘狀。

所以，**凡有助於我們生命成長的事，要劍及履及；凡有害於我們身心健康的事，要聰明遠離！**

因為，**「生的方式，由上帝決定；活的方式，由自己決定。」**

我們都要選擇最好、最美、最精采的生活方式，讓我們這一生留下最棒的印記與回憶；千萬不要選擇最笨、最魯莽、最沒智慧的方式來生活啊！

我們怎能愚昧到——「把自己要過的橋，硬是把它弄斷了呢？」

《激勵小筆記》

生，上帝決定；怎麼活，自己決定

美國前總統柯林頓應邀到母校耶魯大學，對畢業生發表演說；他說：**「沒有人會記得只會唱衰的人……到頭來，流傳下來的是，真正做事的人；不過，做事的人，最後也會被忘記，但留下來的是他們做過的事對人們所產生的影響。」**

的確，沒有人會記得那些「只會唱衰」、「不積極做事」的人。每個人都要用「正面思考」，累積更多的「正面能量」，並且懂得趨吉避凶，也留給後世更多的正面影響。

柯林頓強調：「You need to put the right filter on your glasses when you look into the future.」（當你展望未來，你的眼鏡必須配上正確的鏡片。）

沒有正確的度數鏡片，就沒有正確的眼光；人，就是要用「正面陽光」的眼睛

去看世界，才會產生「正面能量」的思維。

「危機感，催生競爭力。」

在紛亂的現今社會中，我們都要以不屈不撓的精神，擊倒負面能量，催化出正面能量，才能激發出「自我優勢」與「傲人的競爭力」。**所以，只有悲觀、只會唱衰，是沒有用的。逃避責任、負面思維，只是削弱自我能量。**

我們都要不斷地強化**「正能量」**，減少**「負能量」**，才不會「把自己要過的橋，給弄斷了」。

勵志小語

- **生的方式，由上帝決定；**
  活的方式，由自己決定。
- **沒有人會記得「只會唱衰的人」。**
- **用「正面陽光」的眼睛看世界，**
  才會產生正面能量。
- **千萬別把自己要過的橋，給弄斷了。**

心態決定人的成敗

心存樂觀，常保喜悅心，
必能增長我們的生命力，
也能提高我們的「心智資本」，
進而讓我們邁向幸福的人生。

每次到中國演講，我總會想起在廣東的「老王的故事」。老王，四十年前，我們姑且稱他為小王，因家境貧窮，就在軍旅當兵。在那戰亂時代，部隊也窮，所以長官就叫小兵們養豬，讓大家有豬肉吃。

可是，「養豬、餵豬」是個又髒、又臭的工作，每個人都不想去。一天，長官叫小王去餵豬，小王二話不說，就放下手邊的事務，神情愉悅、小跑步地到豬圈去餵豬。王先生對我說：「長官叫我做什麼事，表示他信任我，願意把責任交給我，我就要歡喜接受。」

沒多久，長官的傳令兵跑過來對他說：「小王，老闆叫你去開車。」小王一聽，也立刻放下手邊工作，快步、歡喜地跑步去幫長官開車。

後來，長官才透露——每個被叫去餵豬的阿兵哥，都是臭著臉，一副心不甘、情不願的樣子；只有小王滿臉喜悅、小跑步地去餵豬，這態度，不是推卸責任、而是欣然接受。就這樣，小王受到長官賞賜，一段時日後，被提拔成為運輸大隊的大隊長；而當他以高軍階退役時，被指派在某大保險公司擔任地區總經理。

一個人的態度，決定他的高度。

一個人的心態，決定他的成敗。

當年的小王，現在已經是老王了；當他在餐桌上講述年輕「跑步餵豬」的故事時，我甚是感動，也體會到——**「心存喜樂、勇於任事，好運自然來。」**

媒體刊載，有個林奕佐小妹妹，長得十分聰明、可愛、甜美，然而，她卻是「先天性的聽損兒童」。在她成長過程中，經過一次又一次的檢查，最後醫生確定她有聽力障礙，聽不見外界的聲音。

難過的媽媽帶著她，找遍無數醫生，也參觀了啟聰學校，看到聽障生比手畫腳的溝通方式，不禁悲從中來。然而，媽媽知道，她不能花太多時間來傷心；她經醫生介紹，讓女兒學習「聽覺口語法」，耐心地教女兒一句一句學習說話。

如今，奕佐的耳朵戴著助聽器，在媽媽、老師的幫助下，一點一滴地克服天生的聽損障礙，也把握語言發展的黃金時期，學會了與別人說話、溝通。

奕佐的媽媽告訴她：**「比較厲害的學生，老師才會給她比較難的功課。」**的確，聰明程度比較高、比較厲害的學生，老師所給的功課特別難！老天爺，經常偷偷地在考驗我們呀！所以——

「樂觀，是一種力量！」

「不抱怨的積極行動，才是成功的保證！」

只要「心存陽光態度、勇於任事」，我們都能通過老天爺給我們「比較困難的考驗」啊！

《激勵小筆記》

樂觀，是一種力量

有個農家女生說，父親從小告訴她：「做人就是要做事！」做人，若不做事，只有好吃懶做，怎麼是人呢？農村裡的精神，就是要有「吃苦、耐勞、苦幹」的精神，所以，「做人，不能不做事。」

的確，老天讓我們生長在這世界上，必有其目的。不管我們的出身是如何，我們都要靠自己的力量，努力做事，並且「用心地走自己的路」。

家世，縱使清貧，也不放棄希望。

身體，即使有殘缺，也必須要學習——**「在苦難中成長，在逆境中打拚。」**

俗話說：「心境，能改變命運。」

當我們心存樂觀、不抱怨，常保「喜悅心」，必能增長我們的生命力，也能提高我們的**「心智資本」**；當我們的心智資本逐漸增高、增多，自然會讓我們邁向幸福的人生。

也因此，人都要成長，而且，要「有效率」的成長！

當我們有樂觀心、喜悅心、鬥志高昂時，我們的命運就會改變，我們就能大聲高喊——我要「From good to excellence!」（從優秀到卓越）。

勵志小語

- 心存喜樂、勇於任事，好運自然來。
- 比較厲害的學生，
老師才會給他比較難的功課。
- 好心境，能改變命運。
- 人要成長，而且，要「有效率」的成長。

傑出，是一種叫做用心與堅持的東西

「晚上想想千條路，
早上起來走原路。」
心中構想一大堆，
但沒去實踐，就會原地踏步。

全世界知名的「股神」巴菲特，在八月三十日歡度了他八十歲大壽。巴菲特的個人財富，據估計，已達四百七十億美元，不過，熱愛工作的他，卻發下豪語說，他要努力工作到一百歲！

哇，真是個好神、好奇特、好開朗的巴菲特！儘管外界一直在猜測——「誰是巴菲特的接班人？」但，巴菲特仍表示喜歡工作，無意交棒下台；而且，他還在二〇〇六年承諾，身後所有財產，全數捐做慈善用途，今年，又與比爾蓋茲聯手遊說全球富豪們，一起共襄盛舉，為慈善捐款。

一個已八十歲的老人家，還如此熱愛自我專業的股市工作，他帶領團隊成員，經歷了金融危機，並樂觀、公開地許願：「我不會退休，要工作到一百歲！」我們平凡人，能否活到八十歲都不得而知，但，巴菲特每天仍然喜歡吃漢堡、喝好幾罐健怡可樂，身體健朗、神情幽默，毫無健康不佳的跡象。

最近，我在東馬美里聽到一位中年女性對我說：**「戴老師，我覺得『活到老、學到老』，這句話並不恰當，應該把它改為『活到老、做到老』！因為，只有學，而沒有做，也是沒用啊！」**

的確，只有空學，而沒去做，也是遺憾。若能秉持「活到老、做到老」的積極態度，一定可以讓自我心智不致衰退。

有一句俗話說：**「晚上想想千條路，早上起來走原路。」**

BUS
非常慢
站

有些人，學到很多，或是心中想的是一大堆構想，可是隔天一醒來，沒去做、沒去實踐，只好再走自己原來的老路，甚至，原地踏步。所以，「**人不怕慢，只怕站；不怕老，只怕舊啊！**」

事實上，我們能活多長，不知道。能活八十歲，也已屬長壽，但，「活到老、學到老、做到老」，永遠沒有退休的年齡，就會讓自己充滿衝勁、神采奕奕；千萬別讓自己年紀尚未老，外表與心態卻已消極頹廢、老態龍鍾了！

《激勵小筆記》

要專注，才能更專業

台灣男子職業網球一哥盧彥勳，在二〇一〇年打入英國溫布敦網球公開賽前八強，創下歷年來最佳記錄，也成為亞洲新球王。

當英國廣播公司（BBC）記者訪問盧彥勳時，只見他用流利的英語侃侃而談，真是令人讚嘆！可是，在盧彥勳十四歲時，曾獨自前往荷蘭阿姆斯特丹接受網球訓練；他在國外打電話給媽媽哭喪地說：「媽，我連『飯』的英文是什麼，都不會講；人家都在吃飯了，我也看不懂菜單、吃不到飯，肚子好餓……」

是的，連「飯」（Rice）都不會說，吃不到飯，餓死了，怎麼辦？

不能怎麼辦啊，只能自己「立志苦學英語」啊！

盧彥勳是在國中二年級，被亞洲網總推薦，入選為少數國際有潛力的青少年選

手，被送到荷蘭受訓；但他知道，英語講不好，是沒飯吃的，是無法與教練溝通的，也是沒辦法接受媒體採訪的。如今，他成為溫布敦網球賽的前八強選手，又以「超輪轉」、「超流利」的英語接受BBC的訪問，真是令人刮目相看。

「一口飯的刺激」，才能苦練英語。

若沒有「沒飯吃的刺激」，人就懶得去苦練英語。

「傑出，是一種叫做用心與堅持的東西。」想要比別人更傑出，就必須付出更多的用心、苦練與堅持呀！

所以，你我就是——**「要專注，才能更專業。」**

而且，**「投資不貪心，做事要專心，才能天天開心。」**

勵志小語

- 人要「活到老、學到老、做到老」。
- 晚上想想千條路，早上不能走原路。
- 投資不貪心，做事要專心，才能天天開心。
- 傑出，是一種叫做用心與堅持的東西。

主將離場了
我就是主將

或許，我們是個常坐冷板凳的人，
沒有人看好我們，
但只要我們不斷苦練、準備，
在機會來臨時，我們就會成為主將了！

前一陣子，有一家電台邀請我上節目，由於地緣關係，我不能上現場，只好用電話連線、預錄的方式進行。

可是，在約定時間要預錄的當天，男主持人臨時有事，就商請一女主持人來代班，用電話訪問我。這位女主持人聲音很甜美，也很客氣，一直說她從學生時代就看我的書，現在要親自訪問我，心裡很開心，也很緊張。

我們在電話中聊了一下，要正式訪談錄音了；可是，她在錄音室測試機器時，突然發現——咦？怎麼機器出現了刺耳的雜音，而且我的聲音，她聽不見。在電話那端，我能聽到她的聲音，但錄音機器卻錄不進我的聲音……

後來，這女主持人焦急地找工程人員來查看，確定機器出了問題；於是，這場電話連線訪問取消了。改天當她想再約時，我因時間不方便就沒能再進行了。

這件事，讓我想起——二〇〇四年美國NBA職籃大賽，「籃網」與「活塞」兩隊打得十分激烈，在第一次延長賽終了時，雙方還是打成平手，比賽進入第二次延長賽交鋒。

可是，這時雙方各已有四名主力球員犯滿離場，可用球員愈來愈少。後來，籃網隊派出了一名頭髮紅紅、身材肥胖的球員上場；一時之間，連主播也搞不清他到底是誰？查閱一下名單之後才知道，噢，原來他叫「史卡拉布萊」，是一名板凳球員，很少上場，平均每場球只得一分。

然而，史卡拉布萊在一上場後，就奮不顧身地衝鋒陷陣，也勇敢、大膽地出手；結果，他的三分球「投四進四」，加上其他跳投，總共得了十七分，寫下他個人的最高記錄，也幫助籃網隊，在三度延長加賽之後，以127:120擊敗了活塞隊。

您知道嗎——「**主將離場了，我就是主將！**」

在這擠滿觀眾的球場，我就是主將，要大展身手、拚出絕技給大家看。

或許，我們是個常坐冷板凳的人，沒有人看好我們，但只要我們不斷苦練、做好萬全訓練，在機會來臨之時，「**我，就是主將；我，就能扭轉命運、創造奇蹟啊！**」

我不記得那位代班的電台女主持人叫什麼名字，我只記得，當時她很懊惱，事前沒做好電話連線錄音的準備，以致於那次的訪問失敗了。

所以，我體會到，所謂「好運」就是——「**當機會來臨時，你已做好萬全的準備！**」

《激勵小筆記》

只防守、不出手，是不可能贏球的

最近，我唸國一的兒子迷上打籃球，每天帶著一顆籃球上學；下午放學時，就找球場打球，以致身高愈來愈高，快超過他矮個子的老爸了。

打籃球，最快樂的事就是「投籃得分」，不管球是空心入網、擦板進球，或是在籃框上彈跳兩次後入網……只要球能進籃框，都是令人開心的事。

可是，**一個球員，不管是技術如何高超，如果他一直沒有出手投籃，就永遠沒有得分的機會；只有一味地「防守」，不懂得「出手投籃」，都不可能贏球。**

這，就是所謂的「投籃理論」。

你我也是一樣，學了再多的知識與學問，若沒有實際上場運用，怎知學到了沒

有？若不敢上場比賽、測試自己的實力，怎知自己學到了多少？

也因此，「主動參加比賽」、「勇敢出手投籃」、「製造得分機會」是你我成為人才的重要關鍵。在比賽中，即使輸了、沒得名，也沒關係；有得名，得了獎狀、獎牌、獎盃，就建立自己的成就感，也知道自己的興趣與實力在哪兒？

「成功，是建立在苦練之上。」

「出手，才有致勝的機會。」

「勝利，是沒有替代品的；榮耀，是靠自己去創造的。」

只要不斷苦練，有一天，我們就會變成球場上的「主將」，也都能讓自己「把噓聲變成掌聲」。

勵志小語

- 成功，是建立在苦練之上。
- 勇敢出手，才有致勝的機會。
- 好運就是——
當機會來臨時，你已做好萬全的準備。
- 榮耀，需靠自己去創造；
要把噓聲變成掌聲。

五

急想成功 必定失敗

肯吃苦才能長智慧

富裕、聰明的人，
不一定有智慧；
肯吃苦、在逆境中勤奮長大的孩子，
必有大智慧！

一年多前，第一次到東馬來西亞詩巫市演講時，朋友帶我到基督教衛理會的福兒院參觀，驚然發現那些沒有父母、住在院中的孩子，竟然在老師的指導下，都能把我書中寫過的一些話，背誦出來——

「肯吃苦，苦半輩子；不吃苦，苦一輩子。」

「做別人的工作，學自己的功夫。」

「一日不讀書，面目可憎；三日不讀書，就像一隻豬……」

福兒院的孩童們，各個彬彬有禮、笑臉可掬；即使父母不在身邊，但他們經常唱著詩歌、禱告，彼此互相扶持。

二〇一〇年，「世界劉氏宗親大會」在詩巫舉行，我應邀在大會演講，所以又前往詩巫一趟，同時，也再去了一次福兒院。這些孩子長大、長高了，但也有些新來的小院童。孩子們在餐廳吃完綠豆湯和點心，要離去時，都主動走過來向我和院長說：「我吃完、要走了，您慢慢吃！」一個、兩個、三個……每個男生、女生在離開時，都很有禮貌地走過來，說些告辭語。

當所有孩子都吃完、離去後，年紀較大的孩子就拿起拖把，將餐廳的地全都拖洗一次，也把桌子擦拭乾淨。我對院長說：「孩子們真是好乖、好主動哦！」

院長點點頭，說道：**「其實，他們在我們面前做，並沒有什麼；我告訴他們，在沒有人看見時，你還願意主動幫忙拖地、擦桌子，這才叫做成功！」**

真的，太棒了！孩子主動服務、主動付出，才能養成刻苦勤勞的美德。這，也讓我想起了一句話——**「肯吃苦，才能長智慧。」**

我跟院長說：「我的孩子一男一女，都沒有像院童們這麼乖巧、有禮貌、又主動；我真想讓我的孩子來這裡住幾天，學習院童的主動、有禮貌的態度。」

吃完綠豆湯，傍晚五點了。我們走過院區的廚房，看到一些女生們正忙著洗鍋、切菜、煮菜。我有點不解，也問了院長：「院區孩子們吃飯，不都是由阿姨們來煮飯、做菜嗎？」

「平常日是阿姨煮沒錯，但是在周末，國小五、六年級以上的女生，就輪流學習煮飯、做菜，做給大家吃……」院長對我說。

福兒院的孩子，即使沒有父母，但他們願意學習吃苦，也禮貌待人，相信長大後，會比一些生長在富裕家庭、不曾做家事、不懂待人接物的富家子弟，來得更踏實、更懂得刻苦耐勞，也更有人生智慧。

富裕、聰明的人，不一定有智慧；

肯吃苦、在逆境中勤奮長大的孩子，必有大智慧！

《激勵小筆記》

力量來自志氣和惕勵

我曾寫過一本書《力量來自渴望》，馬來西亞星洲日報副刊即以這書名為主軸，請讀者們從不同角度來思考「力量還來自什麼」？

後來，副刊刊出了讀者們熱心、創意的回應——

「力量來自牽掛」、「力量來自行動」；

「力量來自志氣」、「力量來自苦難」；

「力量來自信任」、「力量來自放下」；

「力量來自母愛的信念」、「力量來自愛和鼓勵」；

「力量來自源源不斷的愛」、「力量來自勵志文章」……

看到這麼多自己充滿力量的來源，讓我感到開心和感動。所有內在的力量，都

是為自己創造出生生不息、不斷向前的最佳動力啊！

「人生，是自己的。」即使生活困苦、家境清寒，可是，苦難也能生出智慧，因為，**「人生就像解數學程式，題目一樣，但是有很多種解法呀！」**

所以，人生不能做**「悶燒鍋」**；不能悶悶的，沒有企圖、沒有作為。人生就是要做**「熱力鍋」**，要熱力四射、熱情洋溢、神采飛揚。

因此，別擔心家世不好、面貌平凡；該擔心的是——「自己學習意願低落，沒有熱情。」

別擔心起步太慢、沒有人脈，該擔心的是——「自己沒有目標、不想改變、渾渾噩噩的心。」

勵志小語

- 做別人的工作，學自己的工夫。
- 人生就像解數學程式，
  題目一樣，但有很多種解法。
- 人生不能做「悶燒鍋」，要做「熱力鍋」。
- 別擔心家世不好，該擔心自己沒學習意願。

要積極，別心急
要求穩，不求快

要積極，但別心急；
急，想快，就容易出錯。
人要多聽「異見」，
才能做出更正確的抉擇。

八、九月，台北經常在午後突然下起大雨，讓人措手不及。

一天，我因右手肘痛，有點類似網球肘，去給中醫師看，手綁著膏藥、繃帶，走出診所時，突然下起傾盆大雨，我連忙低著頭，左手護著右手繃帶，怕淋濕，快步跑到停在路邊的車子。我情急地打開車門躲雨，卻未料門一打開，車門右上尖角正好撞擊到了我兩眉之間的額頭，當場裂出了兩公分的傷口，鮮血直流。

老天啦，我破相了。那傷口雖不是很痛，可是很明顯的，就像包青天一樣，額頭上留有一道紅腫的傷疤。

過沒幾天，我在收納手推車時，沒想到右腳用力一踩，手推車底座彈了起來；我的右手指被狠狠一夾，痛得我哇哇大叫。瞬時之間，我的右手食指尖，全變成瘀青、發黑，而無法彎曲。

一年前，我因演講邀約太多，又感冒，講到喉嚨痛、沒聲音，到醫院掛急診、打點滴，兩個星期沒辦法說話。最近，我又覺得，喝水常嗆到，吃東西也常有異物嗆卡在喉嚨，所以就去醫院看醫生。那熟悉的醫生用診療鏡深入喉嚨檢查，立即顯示在電腦螢幕上，對我說：「喉嚨沒問題，一切都很正常！」

「可是，我吃東西常嗆到，一直咳嗽不停啊！」我問醫生。

「那是你吃東西、喝東西太快、太急啦！你吃喝東西慢一點，不要急，絕對

沒問題。」醫生說。

我記住醫生的話，吃東西不急躁、慢慢來，果然，現在吃喝東西不再嗆卡喉嚨、也不再咳嗽了。

前不久看電影時，劇中有一句對白：**「急想成功，必定失敗！」**一個人，若急躁地想要一步登天，而不懂得穩紮穩打、腳踏實地，必定會失敗呀！

基本功很重要，人都不能「急想賺錢，而疏於打底」呀！

看看我——急著想開車門，額頭就被車門撞傷；急想收納手推車，我的右食指就被重夾瘀青；急於吃喝，就容易嗆卡喉嚨。所以，古人說——

「事以急躁而敗者，十常八九。」

「實處著腳，穩處下手。」

我們做事千萬都不能「猴急」啊！

《激勵小筆記》

放下執念，多聽異見

有好幾次，久未聯絡的朋友打電話給我，約我聊天。後來，才知道，是想要我投資某些生意，或是買某些未上市股票。

我這個人對數字很笨，以前高中畢業時，數學不及格；聯考時，數學也只有考八分，所以，對於「金錢投資」這檔事，我總是不敢貿然行事。或許，也因不敢答應投資做生意或買股票，讓友人不是很高興。

然而，過一陣子，就聽聞那些原本要我投資的公司出狀況垮了，或是未上市公司的股票出問題了……還好，當時我未衝動地聽朋友的話，就出錢投資下注，否則，現在也賠慘了。

以前就有前輩告訴我：**「要求穩，不求快。」**

一個人，腳步未踏穩，就急著想賺大錢，哪能那麼容易？「急想成功，必定失敗。」

我們都要「積極」，但別「心急」啊！

急，想快，就會容易出錯、出狀況。

我們都要學習──**「多聽異見，才能做出更正確的抉擇。」**

當我們放下「執念」，多聽「異見」時，才不會因一時的衝動，做出令自己後悔的事。

所以，**「事前多諮詢，事後就能少後悔啊！」**

勵志小語

- **別急於賺錢，而疏於打底。**
- **事以急躁而敗者，十常八九。**
- **要放下「執念」，多聽「異見」。**
- **事前多諮詢，事後少後悔。**

用心待人 天使就會出現

晨光照耀人緣廣，
志氣昂揚福遠長。
用心待人，人緣自然增廣，
福氣也會隨之而來啊！

由於我的工作關係，必須經常在各地與讀者、聽眾們分享。站在演講台上，我盡可能地把我的學習心得和觀念，轉化成圖片、影片與名言佳句，帶給聽眾們歡笑、感動和省思。然而，讀者和聽眾們所給我的回饋，常超乎我的想像。

例如，書法家張鶴先生，用渾厚的筆觸，送給我一幅對聯：

晨昏一刻勤研學
志業千秋重立名

這位老人家不知在何時聽了我的演講後，在家裡認真、用心地以我的名字「晨、志」，寫了這幅對聯給我，令我好感動，也提醒我「晨昏都應勤研學」。

而當我在陸軍高中演講後，少將校長也送給我一個模樣可愛的小軍人，胸前也貼印上我的名字，甚至也用我的名字，在底座印上一幅對聯：

晨光照耀人緣廣
志氣昂揚福遠長

用心的人，常帶給別人許多快樂、溫暖和感動，也會使自己人緣增廣；所以，亦曾聽過一句話：「用心待人，天使就會出現。」一個人用心待人，就能人緣廣，自然也就福遠長呀！

另有一次，當我到馬來西亞怡保市演講時，馬華終身學習中心、華文教師聯誼會、留台同學會等人士，對我熱情招待，也送我一幅獨樹一格的隸書對聯，上面寫著：

晨鐘澈響和曦暖

志氣騰飛錦路明

我的名字「晨志」，至今似乎未見有人與我同名；但，許多有心人卻真情地以我的名字，用創意來發想出好的詩詞，來勉勵我、鼓勵我，也讓我感到萬分欣喜。

最近又有單位送我紀念品，上面寫著：「**晨鐘幽默、志勵衆人**」。說實在，我並沒有那麼棒，都是大家的抬愛，讓我能發揮一己之力，將自己所學貢獻出來！

其實，我們每個人都有自己的「才華」和「使命」，來成就自己，幫助別人、貢獻社會；我們千萬不能「空有才華而不自知」啊！

《激勵小筆記》

善用才華成就自己，幫助別人

「8」是中文「發」的諧音，所以很多人都希望自己的手機，或是車牌號碼能沾上「8」的數字，來象徵吉利。不過，東歐的保加利亞有三名消費者，十年來，先後都挑選「0888-888-888」這手機號碼，卻都是英年早逝或死於非命。

這個幾乎全是「8」的手機號碼，第一個擁有者是該電信公司前執行長，四十八歲死於癌症；後又有黑道大哥使用這號碼，因走私毒品遭槍殺身亡；而後，房產大亨又接手此號碼，卻也因運毒而遭狙擊死亡。於是，電信局將「888」這個帶衰手機的號碼停用。

人生想過得美好，並非靠「8」或「6」等諧音號碼來幫助走運；人不正，再吉利的號碼，也都會帶衰啊！

報載，家扶基金會有一助學人林麗玲小姐，每學期固定捐款兩萬元給小朋友，已有六、七年之久。

林小姐說，她小學四年級時，家裡窮，沒錢唸書，但班級老師對她說：「妳只要交十八元書費就好。」一直到小學畢業，老師就只收她些許的書錢。當時，她不好意思問老師她該交的學費從哪裡來，但她始終感激老師伸出援手幫她。如今，她為了回報「十八元」的恩情，也想把愛傳下去，就固定捐款幫助學童就學。

我們不一定都是頂尖、傑出的企業家，但我們依然可以用「關心」來換取「開心」；也用「善心」，來為我們成長的土地與後代，種出一個希望！

因為，「善待別人，也就是成就自己。」

勵志小語

- 別讓自己「空有才華而不自知」。
- 用「關心」，來換取「開心」。
- 用善心，為後代種出一個希望。
- 善待別人，就是成就自己。

多一分沉著 少一分失誤

回去把頭髮剪短，
做個有精神、有朝氣的年輕人，
不要給人感覺——
你是個「頹廢的人」，好嗎？

有一名大一的男同學，在母親的陪同下，到台北我的辦公室來看我。他留著長髮，臉大約遮了三分之一，前額的頭髮一直垂下來，蓋住眼睛，所以，不時地以手撥弄他的頭髮。

我對他說：「十多年來，我都是自己剪頭髮，現在是夏天，我自己剪了短髮，像平頭；可是，頭髮重要，還是腦袋重要？別人找我演講或買我的書，會考慮我的髮型好不好看嗎？……」

這男生笑笑，也搖搖頭。

對，不會！從來沒有人因我的頭髮太短、嫌不好看，而不邀請我演講。所以，「有實力，最神氣！」當你有實力、有能力時，別人才不會管你的頭髮好不好看！我對這男生說：「回去把頭髮剪短，做個有精神、有朝氣的年輕人，不要給人感覺你是個『頹廢』的人，好嗎？」他，愣了一下，但也點了頭。

我又問他：「你有每天一定要做的事嗎？」

他，遲疑，想了一下，問我：「什麼是每天一定要做的事？」

我說：「如果你想要讓自己成功，每天都要為自己鋪路，自我充實、自我鍛鍊……譬如說，我年輕時，每天強迫自己寫日記、練播音、聽空中英語教室、背單字、閱讀英文雜誌、運動……我自製一張表格，每完成一項之後，就打勾……每項都完成，才能睡覺。」

我又對他說：「我以前天天寫日記，沒想到我現在成為文字工作者；我以前

天天練習播音，沒想到後來當了電視記者，現在也靠演講來賺錢！」所以——

「心在哪裡，行動力就在那裡！」

「時間花在哪裡，成就就在那裡！」

「你怎麼想自己、做自己，也就決定你的命運。」

◎

這大學生很乖、很聽話，回家後立即理了短髮，也每天自製「每天必做事項表」，隨時惕勵自己，絕不能懶散、頹廢。他甚至主動找到了一個「免費幫別人修改外語作文」的網站，每天用「日文、英文」各寫一篇文章，就有日本人、美國人主動幫他修改作文，也結交了外國友人。

美國總統林肯曾說：**「一個人成天想什麼樣子，就會變成那個樣子。」**

一個「有目標、懂自律的人」，生活得好快樂，好充實！渾渾噩噩、沒有目標的人，就像風前的一支蠟燭，一下子就被風吹熄了，不是嗎？

（免費修改外語作文的網站：http://lang-8.com/）

《激勵小筆記》

人可以哭泣，但目標不能放棄

我國十七歲射箭小將譚雅婷，首次參加二〇一〇年的廣州亞運會，卻只以一分之差，未能進入前四強之列，甚是可惜！

射箭比賽需要穩定、專注，不能緊張，因為稍偏一點點，就無法射中靶心。譚雅婷最後以一分之差，在四強前止步，難過得掉下眼淚；但，不到一分鐘，她又破涕為笑！她用袖套擦乾眼淚，說道：「輸一分很嘔，不過這代表回去要努力練得更穩定，挑戰兩年後倫敦奧運。」

的確，要「多一分穩定」，才能「少一分怨嘆」；要「多一分沉著」，才能「少一分失誤」。

無緣進入四強，只輸「一分」，但，只哭「一分鐘」就好，就要破涕為笑。回

去，趕快苦練、再苦練，迎接下一次的更大挑戰啊！

人可以哭泣，但，目標不能放棄；擦乾眼淚，繼續努力。

事實上，凡事都是有代價的。

多一點專注、用心與穩定，成績就會更好。

想要超越自己、邁向顛峰，就是要讓自己有更強的「專注力、意志力與持久力」啊！

所以，有目標、懂得自律，有意志力與持久力，哪會有不成功的道理？

勵志小語

- 你怎麼想自己、做自己，
  也就決定了你的命運。
- 一個人成天想什麼樣子，就會變成那個樣子。
- 多一分穩定，才能少一分怨嘆；
  多一分沉著，才能少一分失誤。
- 人可以哭泣，目標不能放棄。
  擦乾眼淚，繼續努力。

日日都是幸福日

心情快樂

一般人認為「4」和「死」同音，
但梁先生說，「4」與鄉音「喜」同音，
所以，「44444」就是「喜喜喜喜喜」，
代表五喜好運，連連來啊！

前不久，到台南的某家人壽公司演講，一讀者在簽書會中，買了書來給我簽名；簽完名之後，他笑嘻嘻地對我說：「戴老師，謝謝你，這張車票送給你！」

我心裡想：「送我車票做什麼？」可是，當我接過車票，一看，那是一張「台灣鐵路局」的車票，是「永康站」到「保安站」的一張區間車票，而且車票上打印的日期是「99.9.9」——民國九十九年（2010年）九月九日發售的車票，

車票外有透明塑膠護套包起來，還有紅色的細中國結繩，可以吊掛起來，真是好棒的禮物。

「99.9.9」諧音是久久久久，也就是長長久久，而且「永康」到「保安」，就是「永保安康」，真是太好了，難怪在九月九日那天，有好多情人，一起去買這張「有趣、有意思、想要長長久久、永保安康」的吉利車票，當做紀念品。

回家後，我拿這車票給太太看，她問我：「是不是女讀者送給你的？」

「噢，不，猜錯了，是男讀者送的。」我說。

「那……那他是不是……」

哈，我太太開著玩笑，只差把「Gay」那字說出來。

民國九十九年九月九日，是個吉利數字，愛到久久；2010年，10月10日十全十美，也是個吉祥日子，所以全球也有無數對情侶在這幸運的日子結婚。而我呢，結婚時，並不挑日子，只挑了一個好記的日子——「11月11日，早上11點11分」，到台北地方法院公證結婚，沒拍婚紗照，只在飯店，請了十一桌的親朋好友。夠簡單吧！

我很感謝讀者真心地送個「期許快樂（愛情）長長久久、全家永保安康」的車票給我，讓我感到開心！但，我也相信——**「幸福，取決於愛的行動與心的感覺。」**

有了愛的行動，就會有幸福的感覺。

數字，只是個號碼，它可能是順口、好記、不容易忘記，但卻不是吉不吉利、好不好運的保證。

前不久，報紙刊載，有個花蓮市民梁先生的身份證號碼後五碼全部都是「4」，而且生日還是「九二一」，台灣大地震的日子哩！一般華人認為，「4」和「死」同音，很忌諱，但梁先生說，「4」與鄉音的「喜」也同音，所以「44444」就是「喜喜喜喜喜」，代表五喜好運，連連來啊！

其實，只要**「心情快樂、工作認真，日日都是幸福日！」**

「樂觀積極，凡事往好處想，天天都是幸運天啊！」

《激勵小筆記》

樂觀積極，天天都是幸運天

「如果，你認為你的老師很嚴苛，等你有了老闆後就知道了。」

「要友善對待那些討厭鬼，因你很可能會為其中一人工作。」

——比爾‧蓋茲（微軟創辦人）

有時候，我們不喜歡某些人，甚至討厭他，沒想到，過一陣子，他卻成為你的上司，你變成他的部屬。

不過，不管如何，有些外在情勢我們不能改變，但我們只能學習改變自己，因為——「改變心境，脫離困境」；我們都要讓自己的心情保持開朗、快樂，也用心工作，日日才會都是「幸運日、幸運天」啊！

古人說：「人生不如意的事，十之八九。」但，八九不好，還有一二是好的呀！所以，要**「記住一二，忘記八九」**；因為，**「記住一二，才會快樂！」**

不如意時，要「忍住氣」，更要「爭氣」，有一天，才能在你討厭的人面前，揚眉吐氣。

所以，**「挫折，是老天賜給的禮物，愈早收到愈好！」**

愈早收到挫折的禮物、愈早接到挫折的洗禮，我們就能更早適應一連串的不如意，但也有更多挫敗的免疫力啊！

在挫折中，忍住氣，是為了要迎接美好。

在低潮時，常開心，是為了要Win得漂亮！

勵志小語

- 改變心境，才能脫離困境。
- 有了愛的行動，就會有幸福的感覺。
- 挫折，是老天賜給的禮物，愈早收到愈好。
- 在挫折中，忍住氣，是為了要迎接美好。

戴晨志作品 0037

自信，舞台就是你的

一生要Win得漂亮

作　者—戴晨志
插　圖—Randal
主　編—李濰美
美術設計—不倒翁視覺創意
校　對—李昧．戴晨志
董事長
總經理—趙政岷
總編輯—余宜芳
出版者—時報文化出版企業股份有限公司
10803台北市和平西路三段二四〇號四樓
發行專線—（〇二）二三〇六—六八四二
讀者服務專線—〇八〇〇—二三一—七〇五
讀者服務傳真—（〇二）二三〇四—六八五八
郵撥—一九三四四七二四時報文化出版公司
信箱—台北郵政七九～九九信箱
時報悅讀網—http://www.readingtimes.com.tw
電子郵箱—history@readingtimes.com.tw
法律顧問—理律法律事務所　陳長文律師、李念祖律師
印　刷—詠豐印刷有限公司
初版一刷—二〇一一年二月二十五日
初版七刷—二〇一六年九月二十三日
定　價—新台幣二三〇元

時報文化出版公司成立於一九七五年，
並於一九九九年股票上櫃公開發行，於二〇〇八年脫離中時集團非屬旺中，
以「尊重智慧與創意的文化事業」為信念。

國家圖書館出版品預行編目資料

自信，舞台就是你的 / 戴晨志著.
-- 初版. -- 臺北市：時報文化, 2011.02
面；　公分. -- (戴晨志作品；37)
ISBN　978-957-13-5342-5(平裝)

855　　100002110

ISBN: 978-957-13-5342-5
Printed in Taiwan